Big Sister

DU MÊME AUTEUR

L'orange de Malte
(Rocher, 1990, prix du quartier Latin)
Le cimetière des plaisirs *(Rocher, 1994)*
Frédéric H. Fajardie *(Rocher, 1994)*
Requiem en pays d'Auge *(Rocher, 1996)*
Départementales *(Rocher, 1996)*
Monnaie bleue *(Rocher, 1997)*
Une si douce Apocalypse
(Les Belles Lettres, coll. « Cabinet noir », 1999)
La grâce efficace
(Les Belles Lettres, coll. « Cabinet noir », 1999)
« La loi du marché » *in* l'anthologie *De Minuit à Minuit*
(Fleuve Noir, 2000)
Triomphe de Dionysos
(en collaboration avec Sébastien Lapaque, Actes Sud/Babel)

Jérôme Leroy

Big Sister

Librio

Texte intégral

Aux Patagons et aux Naxiotes

Mais on ne peut maîtriser les battements de son cœur
et le télécran était assez sensible
pour les relever.

George ORWELL, 1984

Allô, mademoiselle Maillot 38-37
J'ai votre numéro qui chante dans la tête
Je viens de me le procurer
Par quel moyen ? C'est un secret.

Frank ALAMO

Les personnages, les événements et les lieux décrits sont totalement imaginaires. Toute ressemblance avec des personnages, des lieux ou des faits réels serait une simple coïncidence.

J. L.

Première partie

1

Ce fut d'abord une impression de gêne, à l'extrême gauche de son champ visuel.

Le paysage maritime, devant lui, baignait dans une clarté étrange, à la fois crépusculaire et brumeuse. Le sergent Briand comprit alors confusément qu'il rêvait : cette mer était un mélange impossible de Bretagne Sud et de Méditerranée, du côté de Bandol... Et cette gêne, là, sur sa gauche, ne pouvait être que la lumière d'un phare qui tentait de percer ce brouillard de fin du monde.

Oui, il rêvait.

Il rêvait et il n'aurait pas dû. Il ne savait pas encore pourquoi mais il n'aurait pas dû. Une vague qui charriait une boue huileuse – fuel lourd ? algue parasite ? – vint mourir à ses pieds. Même dans les rêves des hommes, aujourd'hui, la mer restait polluée.

Et toujours, au coin de l'œil, cette lumière sanglante qui clignotait et se faisait de plus en plus insistante.

« Je dors, se dit Briand, je dors alors que je suis de permanence... »

L'idée le réveilla aussitôt et le sergent vit se substituer à la mer hypothétique un mur d'écrans bien réels sur lesquels défilaient à toute vitesse des suites aléatoires de chiffres et de signes plus ou moins cabalistiques.

Un gros voyant rouge, tout en haut, l'éblouit et lui fit battre le cœur plus vite.

Absurdement, le sergent Briand vérifia la présence de son arme de service, un Mac 50, dans son étui. Ridicule ! Comme s'il risquait quelque chose ici, à cinquante mètres sous terre, alors qu'Elle était là, Elle...

Il saisit la bouteille d'eau minérale à ses pieds : l'atmosphère climatisée desséchait la bouche à une vitesse incroyable. Il but à grandes gorgées, ce qui lui permit de reprendre complètement ses esprits. Il frissonna, aussi, malgré son pull réglementaire, aux épaules renforcées de cuir : Elle ne supportait que les températures n'excédant pas les onze degrés centigrades.

Lors de la dernière tempête, celle du mois d'août qui avait fait 2 500 morts en Lorraine, un des transfos du Centre avait été détruit et on était monté à 18°, pendant deux ou trois heures. Elle s'était affolée, même si on ne s'en était pas rendu compte tout de suite.

Elle s'était affolée et Elle avait commis des erreurs, créant un certain nombre de fichiers non conformes. Il avait bien fallu que les grands chefs, les huiles, là-haut, le reconnaissent. Pas officiellement, bien sûr, mais dans des circulaires à usage interne, qui insistaient sur la nécessité absolue de renforcer la surveillance de la température du Centre pour qu'Elle ne prenne pas un nouveau coup de chaud et que Ses analyses restent ce qu'elles devaient être : infaillibles.

Le sergent Briand regarda sa montre et tapota fiévreusement sur différents claviers pour enregistrer et sauvegarder Ses premières manifestations. Les imprimantes commencèrent à ronronner avant de cracher des feuilles par dizaines. Sur les écrans, le défilé des données accéléra encore.

Briand fit pivoter son fauteuil et décrocha un téléphone mural :

— Allô ! mon lieutenant, ici le sergent de permanence du poste 4. Mon lieutenant, je crois que vous devriez descendre. Je crois que... Je crois que Big Sister en a encore repéré un autre...

2

Marc Borde, ce matin-là, se leva plutôt de bonne humeur. Certes, il y avait bien cette tristesse qui lui étreignait la gorge mais il y était habitué. Il n'était pas loin de penser, même, qu'elle était la preuve qu'il existait encore un peu, qu'il était encore capable d'éprouver deux ou trois sentiments humains.

Il ouvrit les fenêtres de sa chambre et resta accoudé un instant, à regarder le jardin des Gorville qui habitaient le pavillon voisin du sien. Il vit les deux petites, Melissa et Agathe, qui jouaient autour du barbecue en fer forgé.

Le ciel était bleu, la chaleur déjà forte et l'odeur de soufre de l'usine, de l'autre côté du fleuve, relativement supportable : un dimanche comme un autre, quelque part en France.

Marc descendit à la cuisine et se prépara un café. En passant dans le salon, machinalement, il alluma la télévision sur une chaîne à péage. Il avait vaguement espéré tomber sur un polar mais, à la place, deux animateurs à la gueule en plastique et à la dentition éclatante apparurent et interviouvèrent d'une voix joyeusement hystérique une starlette du *hard* récemment passée au cinéma d'auteur.

Marc but son café en regardant d'un œil morne l'émission et sentit sa bonne humeur se dissiper. Il se leva, alla prendre une douche et se vêtit d'un jean et d'un tee-shirt blanc. En revenant dans le salon, il vit que les animateurs en plastique continuaient leur petit manège dans un mélange insupportable d'insolence feinte et de vraie vulgarité. Marc éteignit la télé, sortit de chez lui et alla sonner à la porte des Gorville. Il n'eut pas un coup d'œil pour Melissa et Agathe qui s'efforçaient de monter une tente d'Indien ornée par les personnages du dernier Disney. Oui, il allait faire très chaud aujourd'hui : il ne lui avait fallu que ces quelques pas pour se retrouver en sueur. À moins qu'il n'ait oublié de prendre ses anxiolytiques hier soir.

Le carillon de la porte des Gorville imitait le jingueule d'une émission à la mode dont le but était de prouver ses performances de consommateur averti en devinant le prix exact des marchandises. Viviane Gorville, une brune appétissante de trente ans, y avait participé quelques mois plus tôt et avait gagné une collection de balais à chiottes ainsi qu'un fauteuil modulable aux coussins anti-escarres.

Mais ce fut son mari, Bruno, qui vint ouvrir. Il était en peignoir.

— Marc ! Quelle surprise ! Plutôt matinal... Ça va ?

— Pas mal, Bruno, pas mal. Dis donc, est-ce que tu pourrais me prêter ton fusil à pompe, juste cinq minutes ?

Le visage de Bruno Gorville se rembrunit. Garde mobile dans une unité antiémeutes, chasseur et amateur d'armes, Gorville affichait des opinions survivalistes, persuadé que le monde courait à sa catastrophe et bien décidé, dès que les choses tourneraient vraiment mal, à filer plein sud avec sa petite famille dans un 4 × 4 bourré d'armes, de munitions et de nourriture lyophilisée.

Marc, d'ailleurs, n'était pas persuadé que Bruno Gorville ait complètement tort. Au moins sur l'idée d'un monde en sursis. La seule erreur de Gorville, à son avis, était d'envisager la chose comme un événement à part entière, de croire qu'on pourrait s'en rendre compte, qu'on aurait le temps de voir venir.

Depuis la disparition d'Élise, Marc avait appris que les catastrophes, au contraire, étaient des phénomènes insidieux, des accoutumances homéopathiques et quotidiennes à l'insupportable. Pour tout dire, les catastrophes étaient *lentes*.

— T'en as besoin pour quoi, Marc ? demanda Gorville d'une voix inquiète. Dis, tu vas pas faire une connerie au moins ? T'es encore jeune, tu peux encore rencontrer quelqu'un. Viens plutôt prendre l'apéro...

— Il est neuf heures du matin, Bruno, c'est un petit peu tôt pour moi.

— Chéri ? Qui est-ce ?

Viviane Gorville était apparue derrière son mari. Elle aussi était en peignoir. Elle était en train de s'essuyer les cheveux avec une serviette. Marc pensa à Élise, puis au corps des femmes en général. Dix mois déjà...

— Ah ! c'est toi, Marc ? Un problème ? dit-elle de sa voix chaude, un peu rauque.

— C'est rien, chérie ! Il a besoin d'un outil, c'est tout.

Bruno Gorville avait parlé avant même que Marc eût le temps d'ouvrir la bouche. Viviane disparut dans les profondeurs du pavillon et Gorville jeta un coup d'œil derrière lui, puis sur ses filles qui s'escrimaient toujours à monter leur tipi.

— T'as vu des rôdeurs autour de chez toi ? Tu te sens menacé, c'est ça ? Tu devrais plutôt prévenir les vigiles de la Résidence...

— Non, Bruno, j'en ai juste besoin pour cinq minutes. Viens avec moi, si tu veux... Je t'expliquerai.

Gorville passa sa main à plusieurs reprises sur ses cheveux en brosse. Marc remarqua qu'il avait les yeux injectés de sang et se rappela qu'hier au soir, Bruno avait passé la soirée à boire avec des collègues. Les voitures étaient reparties tard dans la nuit et les moteurs en surrégime avaient réveillé Marc qui, pour changer, rêvait d'Élise.

— D'accord. Attends-moi là.

Marc Borde resta sur le perron. Il suait de plus en plus. Agathe et Melissa avaient fini de monter le tipi : il entendit des rires étouffés à l'intérieur de la tente multicolore. Dans le lointain, il y avait le bourdonnement de deux ou trois tondeuses électriques.

C'était fou ce que ces rires de petites filles avaient pu faire mal à Élise dont les larmes, les derniers temps, n'étaient pas seulement dues aux crises d'asthme de plus en plus douloureuses.

— Me voilà, dit Gorville en tenant à la main un Ithaca calibre 12 à crosse repliable.

— Suis-moi, s'il te plaît.

Ils firent les quelques pas qui les séparaient du pavillon de Marc. Au passage, ils jetèrent machinalement un coup d'œil à la borne antipollution, la B.A.P. en langage courant... Les voyants étaient au vert. Pas de pic de pollution aujourd'hui.

— « No pic today », chantonna machinalement Marc, en essuyant son front luisant d'un revers de main tremblant.

— Rigole pas avec ces trucs-là, dit Gorville. Surtout toi...

« Pourquoi surtout moi ? songea Marc. S'il y en a un qui a bien le droit de rire avec ça, c'est quand même moi, non ? Ce que tu peux être con, Bruno. Vraiment con. Les B.A.P. devraient se mettre au rouge à chaque fois que tu passes. Dans ton genre, tu es aussi dangereux que la dioxine ou l'oxyde de carbone. »

Il s'effaça en entrant pour laisser passer Gorville qui avait l'air franchement ridicule avec son peignoir et son fusil à pompe. Dire que c'étaient des types comme lui qui intervenaient deux ou trois soirs par semaine dans les quartiers sensibles... Ceux que les reportages d'information, à grand renfort de gros plans sur leurs armes, leurs cagoules, leurs combinaisons noires, présentaient comme des guerriers des temps modernes, des samouraïs qui défendaient la démocratie de marché.

— Bon, alors, qu'est-ce que tu veux faire avec ce fusil à pompe ? demanda Bruno Gorville d'une voix manifestement énervée.

Lui aussi commençait à transpirer.

Il devait avoir mal à la tête et éprouver un stress post-alcoolique qui s'aggravait à l'idée de se retrouver un dimanche matin dans le living d'un voisin franchement bizarre. Il n'y avait qu'à voir tous ces livres dans les rayonnages, et puis aussi l'absence de consoles de jeux, d'ordinateurs ou de sex-simulateurs.

À moins qu'il y en ait dans la chambre, comme chez tous les hypocrites : Gorville, lui, se flattait d'avoir une sexualité libérée. Dans sa jeunesse, à l'époque où il militait dans un parti ultranationaliste et néopaïen, il avait entendu une conférence où l'on avait expliqué que le surhomme de l'avenir devait se libérer des tabous judéo-chrétiens et laisser le corps exulter. Cela lui avait ouvert des perspectives inédites, lui qui était persuadé que faire l'amour à plus de deux était l'apanage des anciens gauchistes devenus les seigneurs nomades de la nouvelle économie.

Néanmoins, il n'était jamais parvenu à convaincre Viviane de faire exulter leurs corps. Mais elle n'avait pas dit non quand les sex-simulateurs avaient fait leur apparition dans les hypermarchés, quelques mois plus tôt, et que les partouzes virtuelles du samedi soir avec les Résidents avaient remplacé avantageusement les vieux films pornos des chaînes satellites.

Marc ne répondit pas et alla ouvrir la porte-fenêtre qui donnait sur un jardin exactement identique à celui des Gorville, y compris le barbecue en fer forgé, dont le modèle avait été approuvé par le règlement intérieur de la Résidence. Bruno jeta un regard désapprobateur sur la pelouse non tondue et les haies de thuyas non taillées.

— Tu pourrais faire un peu gaffe, Marc ! Enfin, je sais, ça doit pas être facile pour toi, mais quand même ! Tiens, tu vois, plutôt que de venir avec mon *gun*, j'aurais dû amener ma tondeuse !

Marc eut un geste d'indifférence :

— De toute façon, avec la qualité de l'air par ici...

— T'as tort, il y a de très bons engrais vitaminés pour augmenter la résistance des plantes...

— Ceux qui ont collé ces plaques rouges à ta fille Agathe, l'été dernier, par exemple ?

— Le médecin de la Résidence a dit que c'était pas forcément les engrais et puis dis donc, on est pas là pour discuter mômes et jardinage ! Qu'est-ce que tu lui veux, à mon flingue, à la fin ?

— C'est assez simple, dit Marc Borde.

Et Bruno Gorville le vit se diriger vers la télévision ultraplate à écran plasma, la débrancher et la soulever au-dessus de sa tête. Cela rappela bizarrement à Gorville d'autres gestes appartenant à d'autres époques, comme lorsque son père, l'été venu, mettait des rallonges à la grande table du jardin parce que les grands-parents et les cousins venaient pour le déjeuner dominical. Un temps de carafes embuées et de livres d'images, de poursuites coquines dans les buissons pendant que la famille digérait.

Sauf que là, manifestement, son voisin ne soulevait pas une rallonge mais l'écran à plasma d'une télé qui valait bien ses 3 000 euros. Si ça se trouvait, il n'avait même pas fini de la payer. C'était bien connu, les intellos, c'était toujours fauché. Sauf ceux qui passaient à la télé, justement.

Maintenant, Marc posait le grand écran plat contre le barbecue en fer forgé et lui faisait signe d'approcher. Bruno

Gorville entrevit le visage de ses deux fillettes qui regardaient entre les thuyas. Il leur fit signe de s'éloigner d'un geste de la main, tout en allant à la hauteur de Marc.

— Ça fonctionne comment ? demanda celui-ci en désignant l'Ithaca.

Gorville fut soulagé de se sentir revenu en terrain de connaissance et commença à se lancer, malgré l'étrangeté de la situation, dans des explications techniques où il était question de calibre, de rainures du canon, de vitesse initiale et de coefficient de dispersion. Marc soupira :

— Il est chargé, là ?

— Oui.

— Passe-le-moi, s'il te plaît.

Bruno Gorville obéit, presque malgré lui et se répéta qu'il n'aurait pas dû tant boire la veille. Il vit Marc Borde actionner la pompe du fusil.

— Fais gaffe, maintenant, il y a une balle dans le canon.

Marc sourit, déplia la crosse, épaula et pointa le canon sur l'écran de télé. Il sentait les gouttes de sueur s'accrocher à ses sourcils. Il retint sa respiration et expira en même temps qu'il appuyait sur la détente.

Le bruit fut assourdissant et Bruno Gorville, pourtant habitué aux armes à feu, sursauta. L'écran s'étoila sous l'effet de la chevrotine gros grains et un peu de fumée commença à sortir par les trous. Marc regarda par-dessus la ligne de mire, eut une moue dubitative et tira à nouveau, deux fois.

Il y eut des grésillements divers, des borborygmes électroniques vaguement obscènes et beaucoup plus de fumée. Le bel écran à plasma avait désormais l'allure d'une vitrine de magasin de luxe après une émeute urbaine.

Marc tendit le fusil à pompe à Bruno Gorville, en disant :

— Voilà, j'ai terminé. Merci pour tout.

Gorville regardait le désastre, la mâchoire pendante, l'œil vague. Il lui fallut un certain temps pour réussir à parler :

— Pourquoi... Pourquoi t'as fait ça, Marc, le modèle te plaisait pas ?

Marc sentit bien que Gorville avait désespérément besoin d'une explication rationnelle et que celle-là était la seule qu'il ait pu trouver. Il regardait Marc avec des yeux qui imploraient littéralement une confirmation.

— Non, Bruno, j'ai simplement décidé de ne plus regarder la télé.

— Ne plus... regarder... mais... mais...

— Mais quoi ?...

— Rien... Enfin si... Il reste l'antenne, tu vois... C'est pas irréversible, t'as juste eu un petit coup de cafard, hein ? Tu vas pas vivre sans télé, quand même... ?

Et il montra, sur le toit de tuile, la parabole satellite blanche qui détachait sa circonférence de trente-deux centimètres et demi (article 23 alinéa 4 du règlement intérieur de la Résidence) sur le ciel indigo.

— Tu as raison, Bruno, tu as raison. Quand on a commencé quelque chose, il faut aller jusqu'au bout...

Et Marc reprit l'Ithaca des mains de son voisin, épaula à nouveau et tira trois fois sur l'antenne satellite qui partit en fragments lumineux dans le matin calme.

3

Le sergent Briand se leva et se retourna quand il entendit la porte blindée coulisser derrière lui dans un chuintement hydraulique caractéristique. Le lieutenant Kieffer avait fait vite.

Briand se mit au garde-à-vous et salua.

— Repos, sergent ! Alors, Elle en a encore repéré un ?

Kieffer était un grand type aux yeux gris et aux traits fins mais fermement dessinés. « Une gueule d'aristo, de putain de héros saint-cyrien, pensa le sergent. Plutôt la tête à mourir au champ d'honneur qu'à faire un boulot de flic. D'ailleurs, manifestement, il ne L'aime pas. Mais alors pas du tout. »

En effet, le lieutenant, comme à chaque fois qu'il se retrouvait en Sa présence, éprouvait un vague malaise. Il détestait cette fraîcheur de crypte high-tech, cette lumière digitale, bleutée, aux variations subtiles qui creusaient les visages et donnaient des allures cadavériques à tous ceux qui La servaient.

Et encore, ici, Elle était supportable. Le poste 4 était le dernier à n'être pas équipé d'une interface vocale. On n'était pas obligé d'entendre Sa voix. Une voix de femme, évidemment. Insupportablement sensuelle et inconséquente. La même voix que dans les gares, les aéroports, les distributeurs de billets. La même voix que dans les systèmes automatisés de voitures, les bornes antipollution, les répondeurs de téléphones portables. D'ailleurs, et le lieutenant Kieffer sourit amèrement à cette idée, c'était peut-être la même...

Une seule et unique voix, la Sienne, qui annonçait sur le même ton uni que vous aviez un découvert bancaire, que votre avion resterait collé au sol en raison des tornades, que vous alliez devoir attendre trois heures dans les bouchons, que la qualité de l'air était très mauvaise, qu'il serait opportun de mettre un masque si vous deviez rester dans ce périmètre et que de toute manière, les réseaux étant saturés ou endommagés, vous feriez mieux de laisser un message à votre correspondant.

Quand l'avait-il entendue pour la première fois ? Ou plus exactement quand avait-il pris conscience que cette voix était à chaque rendez-vous de son existence et qu'il allait falloir vivre avec elle ?

Kieffer se revit quatre ans plus tôt, alors qu'il servait dans les casques bleus. Une mission d'évacuation des populations dans le Pacifique... Des archipels aux noms imprononçables, menacés par la montée des eaux... Des guérilleros mystiques qui ne voulaient pas abandonner leurs lagons et harcelaient les convois de réfugiés...

Il y avait eu un accrochage contre ces types armés de machettes et de fusils de chasse. On s'était battu avec de l'eau jusqu'aux genoux, dans les ruines d'un village de paillotes, au milieu des cris de terreur des enfants serrés dans les half-tracks et les V.A.B. dont les moteurs se noyaient sans cesse à cause d'un degré d'hygrométrie délirant.

Ça sentait le poisson pourri, la cordite et l'essence plutôt que le monoï et la noix de coco. Il n'y avait eu que deux blessés légers dans sa section et aucun civil n'avait été touché mais quand ils étaient repartis vers la plate-forme où les hélicos embarquaient les réfugiés, ils avaient laissé derrière eux les cadavres d'une vingtaine de guérilleros, flottant entre deux eaux.

En arrivant à la plate-forme qui ressemblait, en plus grand, à celles utilisées pour les forages pétroliers, c'est là qu'il l'avait entendue. La voix... Ou tout au moins qu'il s'était rendu compte qu'elle était partout, désormais. Calme, insupportablement calme, donnant des consignes pour rejoindre les aires de décollage dans une vingtaine de langues différentes, y compris celle des autochtones. Il portait dans ses bras un môme de trois ou quatre ans qui ne pouvait pas marcher à cause d'œdèmes énormes aux chevilles.

Tout autour de lui, c'était un vrai bordel qui flirtait avec la panique. Mais la voix continuait, imperturbable et lénifiante, commentant de temps à autre la montée des eaux : « Encore quatre mètres en une heure sur le secteur Est. Stabilisation probable à 18 h 09, fin de la marée haute. » Est-ce que c'était déjà la Tienne, espèce de salope omnisciente, dis, est-ce que c'était déjà la Tienne ?

Le lieutenant Kieffer secoua la tête en se rendant compte que le sergent Briand le regardait bizarrement. Travailler ici développait la paranoïa. Enfin, quand on connaissait l'étendue des compétences de Big Sister, il y avait de quoi.

— Dites-moi, sergent, vous étiez dans le Pacifique, il y a quatre ans ?

— Oui, mon lieutenant.

— Comment s'appelait l'archipel où il y avait la plate-forme Diderot ? Je n'arrive pas à m'en souvenir.

Briand fronça les sourcils.

— Je ne sais plus, mon lieutenant.

Il fit un signe vers le mur d'écrans et reprit :

— On pourrait peut-être Lui demander ?

— Non, sergent. Ça Lui ferait trop plaisir. Je trouve qu'Elle ne connaît déjà que trop Son pouvoir sur nous. Pas la peine d'en rajouter...

— Faut pas parler d'Elle comme ça, mon lieutenant... Elle pourrait Se...

Le lieutenant Kieffer s'aperçut que Briand avait sincèrement l'air d'avoir peur.

— ... Se vexer, Briand ? C'est à ça que vous pensez ! dit-il en éclatant de rire. Allons, allons, mon vieux... Vous êtes de garde depuis trop longtemps ! Ce n'est qu'une machine après tout... Allons plutôt voir qui Elle a déniché, cette fois...

Briand, d'un geste un peu tendu tout de même, désigna un siège au lieutenant Kieffer.

4

Céline Loup, alors qu'elle achevait de vider son chargeur sur la cible distante de cinquante mètres, se demanda tout à coup pourquoi les romans, de nos jours, ne portaient presque plus jamais pour titre le nom d'un personnage.

Quand la culasse de son Browning Herstal GP 35 se bloqua, elle reposa l'arme, retira les bouchons antibruit de ses oreilles et fit revenir la silhouette en carton vers elle en actionnant le poussoir de la commande automatique. En quelques secondes, la cible fut devant elle et elle vit avec plaisir que treize de ses quatorze balles formaient un joli tir groupé au niveau du thorax, la dernière n'ayant fait que déchirer l'épaule.

Elle comprit alors, en regardant le visage vide de la cible, que si les romans n'avaient plus pour titre, au moins depuis les années trente, le nom d'un personnage, c'était parce que la figure de l'homme avait disparu progressivement de la réalité. La réalité fonctionnait même de mieux en mieux sans lui. À la limite, maintenant, l'homme aurait plutôt eu tendance à la gêner, la réalité.

— C'est très bien, mademoiselle Loup, vous êtes en plein progrès.

Céline se retourna et vit ce sinistre beauf de Gorville qu'elle supportait depuis quatre ans comme moniteur dans ce stand de tir perdu au fond de la banlieue sud. D'après ce qu'elle savait, Gorville était un flic antiémeutes, un de ces chiens de garde surentraînés qui faisait des heures sup ici, en tant que licencié de la Fédération européenne de tir.

— Dites-moi, monsieur Gorville, admettons que vous écriviez un roman, est-ce que vous lui donneriez comme titre

Eugénie Grandet, *Madame Bovary*, *Gilles* ou bien est-ce que vous préféreriez *Les gommes* ou *Les particules élémentaires* ?

Bruno Gorville songea, non sans une certaine anxiété, qu'il était maudit ou tout au moins que ce n'était vraiment pas sa semaine. Déjà, dimanche, ce dingue de Marc Borde... D'ailleurs, il faudrait qu'il en parle au conseil de la Résidence... Et maintenant, c'était cette blondinette d'un mètre soixante, très jolie, mais très petite, qui, tout en éjectant son chargeur vide, commençait à lui tenir des propos bizarres. Elle était pourtant sympathique, cette petite Loup, et plutôt mignonne. Un bref instant, Gorville l'imagina sur sex-simulateurs, la pénétrant sous des angles impossibles dans un décor de super-novas numériques explosant au rythme de leur orgasme.

Elle avait achevé de démonter son arme et rangeait les différentes pièces dans une mallette de cuir noir. À cette heure matinale, le stand de tir était pratiquement désert. D'ailleurs, la petite Loup ne se pointait que dans ces moments-là. Elle ne voulait rien avoir à faire avec les tireurs habituels, pour la plupart des flics et des militaires, quoique depuis quelque temps, on commençât à voir des civils de tous les acabits. Des trouillards, des paranoïaques, des énervés de la gâchette qui avaient de plus en plus peur de sortir sans un flingue. Fallait dire que dehors, et par *dehors* Bruno Gorville entendait tout ce qui n'était pas son stand de tir, son pavillon et sa caserne, les choses devenaient franchement angoissantes.

La petite Loup lui serra la main en le regardant droit dans les yeux. Gorville se perdit dans un gris bleuté, glacial et ironique à la fois. Si elle avait voulu, elle aurait pu faire des merveilles en compétition. Il la regarda s'éloigner dans le couloir éclairé au néon, il y eut un éclair blond et puis plus rien. Il se sentit soudain très seul, vraiment très seul.

En arrivant sur le parking, Céline Loup, comme d'habitude, eut le sentiment d'une faillite généralisée : il y avait l'entrelacement des voies rapides dans le lointain, et tout autour d'elle, les hangars sans grâce aux grandes enseignes criardes écoulant l'habituelle camelote des zones commerciales : articles de sport pour culpabilisés du cholestérol, meubles et accessoires de bricolage pour égayer les ruches concentrationnaires, restaurants de chaînes où l'on débitait du prion et de la listériose en veux-tu en voilà, hôtels au paiement électronique pour cadres prolétarisés et rencontres sexuelles suburbaines, complexes multisalles de cinéma où même les films français étaient en anglais...

Le ciel était gris, et il pleuvait doucement. Une pluie qui sentait bon les produits chimiques et qui aurait sûrement affolé les B.A.P., s'il y en avait eu dans le secteur. Mais avec son mauvais esprit habituel, Céline s'était déjà fait la remarque qu'il n'y avait jamais de bornes dans les zones où, précisément, les pics de pollution se produisaient le plus fréquemment. Elle se dépêcha de remonter en voiture et reprit la bretelle d'autoroute qui la ramènerait vers le centre-ville.

La pluie redoubla, ce qui ne la dissuada pas de pousser un peu le moteur de sa voiture, une Ford Cougar presque aussi vieille qu'elle. À vingt-quatre ans, Céline Loup était consciente d'avoir des plaisirs qui entraient de plus en plus en contradiction avec la morale officielle. Elle aimait la littérature, le vin, le sexe non virtuel, les armes à feu, les penseurs radicaux, les cigarettes et bien sûr la vitesse. Une véritable petite encyclopédie des nuisances à elle toute seule...

Elle se pencha vers son lecteur CD et la voix de Solomon Burke emplit l'habitacle. *If you need me...* Deux minutes trente-cinq de pure douceur rageuse. Une mélodie discrètement poignante, qui allait merveilleusement avec son humeur présente.

La *soul*, heureusement, il y avait encore la *soul*...

Elle négocia une grande courbe qui lui masqua un instant la ville. Elle sentit l'arrière de la Cougar qui chassait un peu en doublant un poids lourd qui se traînait à un petit cinquante kilomètres-heure. Elle entrevit la marque célèbre d'un producteur d'aliments transgéniques et comprit le pourquoi d'une vitesse aussi lente. Depuis les premières attaques des écoterroristes, quelques mois plus tôt, les poids lourds qui transportaient ces saloperies avaient des carcasses blindées et des chauffeurs armés. Pour les longs trajets en zones rurales, il y avait même des escortes privées de mercenaires...

Céline monta à 190 malgré la circulation qui se faisait plus dense à l'approche du centre. Elle se faufilait au milieu des coups de klaxon indignés et Solomon Burke chantait maintenant *Someone is watching*. Elle sentit la Cougar vibrer et dut augmenter le son pour entendre la fin de la chanson. Les essuie-glaces peinaient en grinçant. Les paroles de son dernier amant en date, un collègue maître assistant en sociologie, lui revinrent à l'esprit : « Tu es un peu trop suicidaire pour moi... »

Sans doute, mais Céline avait besoin de l'excès. Qu'il soit de vitesse, d'alcool ou d'autre chose. Les années passant, elle avait de plus en plus l'impression de vivre dans une société qui ressemblait à un asile insalubre, peuplé de fous abrutis par des doses massives de psychotropes. Les tempêtes dévastaient périodiquement le territoire, on passait de la canicule à des pluies diluviennes en quelques heures, le niveau des eaux montait un peu plus chaque année et, dans les grandes villes, il y avait des pics de pollution toutes les quarante-huit heures dès le mois de mars. Mais cela n'empêchait pas une sorte d'optimisme béat dans les discours officiels : les infos débitaient au kilo des reportages sur la croissance fabuleuse, l'incroyable essor de la nouvelle économie, les formidables innovations technologiques, et tout le monde, ou presque, faisait mine de le croire. Ou, pire encore, le croyait vraiment.

Céline se demandait comment ils faisaient. Il suffisait peut-être d'augmenter sa dose de tranquillisant et son temps de présence devant l'écran des ordinateurs. Anxiolytiques chimiques ou numériques, ne vous inquiétez pas, on s'occupe de tout...

Jamais, au grand jamais, elle ne céderait. Elle préférait crever...

Elle se dit d'ailleurs, et à sa grande surprise, elle n'éprouva aucune peur, que le moment allait peut-être arriver plus tôt que prévu : à cinq cents mètres à peine, tous les véhicules étaient à l'arrêt.

Un barrage de police ou un accident à en juger par les lumières orangées qui déchiraient le rideau gris de pluie.

Elle rétrograda puis freina par à-coups tout en se rendant parfaitement compte que cela serait insuffisant. Elle n'avait plus pour choix que de s'encastrer directement dans le dernier véhicule de la file, un monospace familial, ou de partir en toupie et de prendre de plein fouet les bagnoles qui étaient derrière elle.

Solomon Burke attaqua *You're good for me*. Céline songea qu'elle aurait au moins le privilège de mourir en entendant quelque chose qu'elle aimait, ce qui n'était pas évident dans une époque saturée par un bruissement de connerie qui agressait l'ouïe et le bon sens quasiment vingt-quatre heures sur vingt-quatre.

Elle déboîta au dernier moment, en priant pour que la voie d'arrêt d'urgence soit dégagée. Le côté avant droit de la Cougar heurta le rail de sécurité et Céline entendit le crissement de l'acier qui couvrit la voix de Solomon Burke tandis que sur sa gauche les voitures arrêtées défilaient. Elle surprit le regard affolé des conducteurs et parvint à stopper enfin à quelques dizaines de centimètres des barbelés et des croisillons hérissés d'un barrage de police.

Céline photographia la scène et se dit qu'elle était mal barrée.

Deux flics en tenue antiémeutes la braquaient de chaque côté du véhicule. Il était impossible de distinguer leurs traits derrière les visières en plastique opaque de leurs casques profilés. Tout, dans leur tenue, respirait la force brutale, la violence méthodique. Fusils d'assaut, gilets pare-balles, épaules rembourrées, coudes renforcés, jambières ressemblant aux cnémides des héros antiques. Céline se surprit à les trouver beaux, sinistrement beaux comme tout ce qui avait la cohérence des mécaniques de haute précision.

Soudain, celui qui était sur sa droite sembla se raidir et fit signe à son collègue qui leva son arme et fit exploser la vitre de la Cougar d'un coup de crosse. Céline sentit un éclat de verre lui effleurer la tempe.

— Cette salope est armée...

La pluie entra dans l'habitacle en même temps que le canon d'un fusil d'assaut qui appuya sous le menton de Céline.

— Ne bouge surtout pas... Max, regarde derrière...

L'autre flic ouvrit la portière, se pencha par-dessus le siège et Céline comprit que ce qui les avait rendus si nerveux n'était pas seulement son atterrissage en catastrophe au pied de leur barrage.

La mallette contenant les pièces de son arme avait dû tomber et s'ouvrir lors du choc contre le rail de sécurité : le flic qui était monté à bord lui mettait sous le nez le bloc de culasse de son GP 35.

Et d'une voix qui semblait venir de très loin derrière la visière noire couverte de pluie, il lui demanda :

— Vous avez une explication pour ça ?

5

Le lieutenant Kieffer ressortit du poste 4 et se retrouva dans un long couloir, désert à cette heure nocturne.

Comme d'habitude, il y avait une musique d'ambiance. Kieffer crut reconnaître un air d'« easy listening » qui datait d'une dizaine d'années : Air ou Mellow, « Fusion » peut-être bien, en tout cas, un truc qu'il avait apprécié lors de sa dernière année à Saint-Cyr-Coëtquidan. Les mauvaises langues du Centre, et Dieu merci, il y en avait encore quelques-unes, disaient que même la programmation musicale était laissée au soin de Big Sister. En l'occurrence, si c'était vrai, Elle semblait avoir pris le parti d'être un DJ des plus anxiolytiques. On avait l'impression de flotter dans un placenta musical quand on se promenait dans les couloirs du Centre.

Il tâta la disquette dans sa poche. La synthèse de Big Sister sur Sa trouvaille de la nuit. Il se demanda si Elle n'avait pas eu un nouveau coup de chaud comme au moment de la grande tempête en Lorraine.

Kieffer travaillait au Centre depuis le début, c'est-à-dire bientôt deux ans. Il avait été personnellement amené à collecter une quinzaine de dossiers et sur cette quinzaine, d'après ce qu'il savait, une petite huitaine avait fait l'objet de ce qu'on appelait pudiquement une suite. S'il multipliait ce nombre par celui des postes et des officiers traitants, on pouvait estimer que Big Sister avait débusqué pas loin de trois cents cas. Estimer seulement car à son échelon, Kieffer ne disposait d'aucune statistique d'ensemble. Il avait juste le sentiment, ou l'intuition, que le nombre et la cadence augmentaient sensiblement depuis quelques semaines. Et les cibles devenaient de plus en plus improbables, de plus en plus illogiques. Au moins de son point de vue.

— Mais jamais à ce point-là... murmura-t-il.

Au commencement, il s'agissait presque d'évidences : les mafias de l'Est, les réseaux écoterroristes en gestation, les pirates informatiques, les trafiquants de génome, les contrebandiers du clonage...

Le lieutenant eut envie de boire un verre. Il regarda sa montre : trois heures du matin. Le mess des officiers ne servait officiellement pas d'alcool mais comme c'était le caporal Verdurin qui était de service, il saurait le convaincre de sortir des profondeurs de la réserve une bouteille de single malt ou autre chose de plus de 40°.

Kieffer remonta le couloir jusqu'aux ascenseurs et appela. En attendant, il alluma une cigarette et tira voluptueusement une longue bouffée.

— Nous vous rappelons qu'il est interdit de fumer dans les locaux du Centre ainsi que le stipulent les lois sanitaires européennes sur les lieux publics.

Malgré la douceur sirupeuse de la voix, Kieffer sursauta. Il fallait vraiment qu'il ait les nerfs à fleur de peau pour avoir oublié le légalisme pointilleux de Big Sister. Il continua néanmoins de fumer quand les portes de l'ascenseur s'ouvrirent devant lui.

— Nous vous rappelons qu'il est interdit de fumer dans les locaux du Centre ainsi que le stipulent les lois sanitaires européennes sur les lieux publics, répéta la voix.

— Et moi, je t'emmerde ! dit le lieutenant d'une voix haute et claire tout en appuyant sur le bouton – 2.

Le Centre, un lieu public... C'était la meilleure... L'endroit devait être connu en tout et pour tout de la dizaine de hauts responsables qui l'avaient créé et des quatre cents personnes qui y travaillaient. Et sur celles-là, il n'y en avait guère que quarante ou cinquante qui savaient les tenants et les aboutissants. Les autres étaient persuadées de travailler pour un service confidentiel d'écoutes au niveau mondial. Une sorte de système Échelon à l'européenne.

Bien sûr, Big Sister, c'était ça aussi, mais hélas, c'était aussi beaucoup d'autres choses. Des choses qui pesaient de plus en plus sur le moral du lieutenant. Surtout avec cette disquette aberrante dans la poche.

— Lieutenant Kieffer, vous avez été formellement repéré par la reconnaissance vocale et visuelle de cet ascenseur. Nous vous rappelons que tout manquement au règlement du Centre est susceptible d'une retenue sur salaire.

— Je sais, Big Sister, je sais. Cela a coûté 50 euros au capitaine Marchand pour avoir mis une main aux fesses d'une secrétaire du niveau – 4.

— Vous faites sans doute allusion à une attitude sexuelle non appropriée...

— Parce que pour toi, il y en aurait, des attitudes sexuelles appropriées, vieille puritaine ?

— Lieutenant Kieffer, vous venez d'écraser votre cigarette sur le sol...

— Il n'y a pas de cendriers dans cet ascenseur...

— ... et cela constitue une contravention au règlement intérieur : dégradation volontaire des biens de l'État. Vous êtes prévenu que votre dossier est signalé à la Régulation depuis 3 h 04.

— Tu es sans pitié, Big Sister ! sourit avec une légère amertume le lieutenant qui entrevit, un court instant, un certain nombre de brèves dans les journaux relatant des explosions, des crises cardiaques, des suicides, des accidents de la route, dont il savait pertinemment qu'ils n'avaient rien de naturel.

Au niveau – 2, Kieffer se dirigea vers le mess. Il ne rencontra personne et entra dans une grande pièce où se trouvaient des tables basses entourées de fauteuils Chippendale. Il y avait des boiseries un peu partout dans un louable effort pour faire ressembler l'endroit à un club anglais. Kieffer se souvint brièvement d'une nouvelle de Stevenson où il était question de gentlemen préparant des meurtres dans une ambiance feutrée de ce genre. À moins qu'il ne s'agisse de Chesterton. Il ferait mieux de relire ses classiques plutôt que de passer son temps à des jeux de stratégie sur PC.

Il s'avança vers le bar qui occupait le mur du fond. Au-dessus du percolateur, il y avait le portrait officiel du Président de la République. Était-il au courant, pour Elle ? Était-ce lui l'initiateur, ou avait-il simplement laissé faire ? Dans les deux cas, en voilà un qui était bien décidé à ce qu'il ne lui arrive plus aucune surprise... Ni pour lui, ni pour ses successeurs.

Un philanthrope, dans son genre. Mais il est vrai que gouverner, c'est prévoir : voilà une devise qui convenait merveilleusement aux activités de Big Sister.

Le caporal Verdurin sommeillait mais se mit au garde-à-vous à l'approche du lieutenant Kieffer.

— Un café bien serré, mon lieutenant ?

— Si tu avais plus stimulant, ce ne serait pas de refus...

Le caporal se crispa imperceptiblement, mit un doigt sur ses lèvres et fit un signe de tête silencieux désignant l'entrée de la salle à manger attenante au bar.

— Qui ? demanda Kieffer à voix basse.

— Je ne le connais pas. Il a pas l'air commode. Un vrai mastard. Il est arrivé il y a une heure et a demandé à être servi immédiatement. Il en est à sa troisième entrecôte.

— Habillé en civil ?

— Oui, mais il donne l'impression d'avoir passé une semaine à coucher dehors.

— Tu l'as servi ?

— Oui, il avait sa carte, c'est un capitaine, je crois. J'ai dû me taper la tambouille vu que le cuistot, à cette heure-là... Alors, pour ce qui est de la gnôle, mon lieutenant...

Kieffer vit soudain le regard de Verdurin se fixer derrière lui et il entendit une voix grave et ironique dans son dos :

— Allons, allons, caporal. Pas d'affolement. Je sais très bien que vous devez cacher quelques bouteilles de raide dans votre réserve. Ne privez pas le lieutenant Kieffer d'un petit remontant. D'autant plus que je ne cracherais pas non plus dessus pour faire passer mes entrecôtes. Désactivez les caméras et les oreilles de la Grande Sœur, je prends sur moi. Elle ne s'aperçoit de ce genre de petite manip qu'au bout d'un quart d'heure, vous le savez bien. Ça nous laisse largement le temps d'en vider un...

Avant même de se retourner, Kieffer savait de qui il s'agissait.

Capitaine Dunkerque, du Service Action. Un faux nom, un blaze, comme pour tous ses collègues. Retour de mission, sans aucun doute. Et grosse fringale : tuer donne faim à ce genre de types.

— Ça vous dirait, un bas armagnac, Kieffer ? Avec deux cafés bien serrés, caporal, dit-il en faisant signe à Verdurin.

À contrecœur, le lieutenant s'installa dans un Chippendale et le capitaine Dunkerque fit de même en se laissant tomber lourdement avec un soupir d'aise.

Quand le caporal Verdurin servit les cafés et les armagnacs, Kieffer prit le verre ballon et le vida plus vite qu'il ne l'aurait voulu. Il le reposa et croisa le regard amusé de Dunkerque.

— On a si soif que ça, lieutenant ?

Kieffer se sentit un peu rasséréné par la chaleur qui lui tapissa l'œsophage, le creux de l'estomac puis remonta doucement jusqu'à ses tempes.

Il lui fallait bien ça pour oublier que le surnom des gars du Service Action, au Centre, était « les chirurgiens ».

Le capitaine Dunkerque, lui, était aussi appelé, en toute simplicité, « le boucher ».

Et tout le monde savait que ce n'était pas seulement à cause de son goût immodéré pour l'entrecôte Bercy.

6

« Combien de temps cela allait-il pouvoir durer ? » se demandait Jean-Marie Geoffroy, troisième fortune européenne, huitième ou neuvième mondiale, il ne savait plus trop, depuis qu'une loi antitrust américaine avait coupé en deux un géant de l'informatique qui, jusqu'au début de l'année dernière, se trouvait sur la première marche du podium.

« Combien de temps cela allait-il pouvoir durer ? » se demandait-il, et il en éprouvait une légère irritation parce qu'il n'était pas un homme à se poser des questions, surtout de ce genre-là. Question qui était apparue sans qu'il sache trop comment et dont il ne voyait pas exactement sur quoi elle portait...

« Combien de temps cela allait-il pouvoir durer ? »

Depuis une heure, Jean-Marie Geoffroy consultait sur son portable la dernière synthèse du conseil d'administration d'une de ses entreprises de téléphonie mobile qui avait décidé de se diversifier dans la production de logiciels de la deuxième génération pour sex-simulateurs.

Il était assis derrière une longue table d'ébène, dans la véranda de sa villa espagnole. Il avait quitté en hélicoptère le matin même un Paris étouffant sous un brouillard tiède qui affolait les B.A.P., direction la Costa Blanca, et ce palais néo-mauresque, croulant sous les bougainvillées, au milieu d'une pinède, zone verdoyante incongrue tout en haut d'un piton rocheux ocre qui surplombait la Méditerranée.

Incongrue, parce qu'en Espagne aussi la sécheresse prenait des proportions inquiétantes. Jean-Marie Geoffroy se souvenait, à ce propos, d'avoir entrevu des rapports classifiés de ses services Environnement qui parlaient d'une sahélisation inévitable de la Nouvelle Castille et de l'Andalousie en moins d'une décennie. Il avait souri alors, à l'idée d'aller revoir l'Alhambra en 4 × 4, masqué comme un homme bleu du désert. Dans son genre, Jean-Marie Geoffroy était resté assez enfant : il avait toujours tendance à voir le bon côté des choses et c'est même à cela qu'il attribuait sa réussite d'ancien énarque passé dans le privé au début des années quatre-vingt. Cela avait marqué le début d'une fortune fulgurante, reposant sur un principe très simple : socialisation des pertes et privatisation des profits.

« Combien de temps cela allait-il pouvoir durer ? »

Presque rageusement, il referma son ordinateur portable, fut brièvement tenté d'avaler un anxiolytique – une vilaine manie de pauvre – et se décida pour une *orchata* bien fraîche.

Il appela et un domestique apparut, enregistrant sa commande sans un mot. Jean-Marie Geoffroy n'apprécia pas l'eau de toilette trop épicée de l'homme et il songea à son collègue Shikibu, à Osaka, qui avait déjà remplacé sa domesticité humaine et ses animaux de compagnie par des robots. Bien sûr, on avait un peu l'impression d'être dans un film de S-F des années cinquante et il arrivait que ces boîtes de conserve à roulettes se dérèglent et rendent un simple whisky-soda imbuvable ou même vous le renversent sur les genoux. Mais le vieux Shikibu était vraiment très fier de ses gadgets et des ingénieurs qui les avaient conçus.

« Combien de temps cela allait-il pouvoir durer ? »

Bientôt, Geoffroy eut devant lui, sur un plateau d'argent, le grand verre empli de liquide blanc et de glaçons, accompagné d'une carafe ouvragée et d'une assiette de petits gâteaux à la cannelle. Il se leva, prit son verre qu'il goûta à peine et se dirigea vers la baie vitrée.

Dans la piscine, quelques marches en contrebas, deux jeunes femmes nageaient nues. Deux collaboratrices très proches. La plus grande, celle qui faisait la planche en offrant sa gorge et ses seins au soleil, était une Américaine de vingt-huit ans, experte en biotechnologie, arrachée à prix d'or à la concurrence. Bostonienne, blonde et surtout membre de l'équipe qui avait mis au point les premiers sex-simulateurs, trois ans plus tôt.

La seconde, qui s'apprêtait à plonger, était une ancienne élève de l'École Normale Supérieure, docteur en mathématiques. Elle avait publié une thèse remarquable sur la modélisation des flux boursiers. Elle avait des seins superbes et Jean-Marie Geoffroy fut un peu triste à l'idée qu'elle allait très sûrement mourir dans les cinq ans.

Deux mois plus tôt, quand il avait été certain qu'il allait pouvoir s'amuser un peu avec ces deux beaux cerveaux – ce qui était bien, avec les femmes de l'hyperclasse, c'est que leur nouvelle morale se résumait à une fascination pour la puissance –, Jean-Marie Geoffroy avait envoyé une équipe très discrète de surveillance génétique récolter bouts d'ongle, cheveux, mouchoirs usagés ou serviettes hygiéniques dans leurs appartements respectifs afin de vérifier qu'elles ne trimbalaient pas un quelconque rétrovirus.

Et puis aussi, par pure curiosité, il avait fait décoder leur génome. Jean-Marie Geoffroy n'aimait pas être pris au dépourvu. Il aimait savoir avec qui il faisait des affaires, avec qui il travaillait et avec qui il baisait.

L'Américaine ne posait pas problème. Sauf attentat, catastrophe climatique ou épidémie d'un genre nouveau, elle serait probablement centenaire. Et avec le salaire annuel qu'elle se faisait – l'équivalent du budget santé d'un petit État d'Afrique noire –, elle aurait de quoi mettre entre elle et ce monde incertain et dangereux un bon paquet de billets pour se protéger.

Pour la mathématicienne, en revanche, le médecin-chef de l'équipe de surveillancc génétique avait été catégorique : premiers symptômes d'ici à deux ans, généralisation l'année suivante, décès probable dix ou douze mois plus tard. Leucémie aiguë...

Le corps bronzé plongea, selon un angle parfait, dans une gerbe d'écume. Jean-Marie Geoffroy pensa qu'il y avait quelque chose d'excitant et de poignant à la fois à faire l'amour avec une femme en sursis, et qui ne le savait pas.

« Combien de temps cela allait-il pouvoir durer ? »

La mathématicienne émergea tout près de la Bostonienne. Elles se parlèrent un instant et se mirent à rire. Geoffroy eut un pincement au cœur. Il pensa à sa femme, restée dans le grand hôtel particulier sécurisé de l'avenue Roule à Neuilly, à écrire son dernier roman qui aurait évidemment du succès puisqu'il possédait trois maisons d'édition, deux hebdomadaires et avait des participations dans trois ou quatre bouquets satellites ainsi qu'une minorité de blocage dans une « Major » américaine. Parfois, il avait l'impression que sa femme lui en voulait un peu comme si tout cela empêchait que l'on puisse juger de sa production littéraire de manière normale.

Il soupira, chaussa ses lunettes de soleil haute protection et sortit. La chaleur était écrasante mais, comme le confirma un minuscule voyant vert pâle sur sa montre, les rayonnements étaient acceptables. Il descendit les marches vers la piscine et les deux jeunes femmes lui firent signe de la main :

— Vous venez vous baigner, Jean-Marie ? proposa la mathématicienne.

Non, il n'avait pas envie de se baigner. À soixante-cinq ans, il y a des choses que même tout l'argent du monde ne peut changer. Un mois par an de thalassothérapie en Islande, deux opérations de chirurgie esthétique n'étaient que des manœuvres de retardement. Il n'avait pas envie d'exposer le contraste entre sa musculature alanguie, ses bourrelets, sa peau couverte de taches de vieillesse et la plastique radieuse des deux jeunes femmes. Il savait qu'invisibles, ses gardes du corps patrouillaient dans la pinède, sans compter les caméras de surveillance branchées derrière lesquelles un vieux vigile qui restait là à l'année devait se rincer l'œil. Et il ne faut jamais laisser aux employés l'occasion de vous mépriser. Jamais.

« Combien de temps cela allait-il pouvoir durer ? »

Il s'approcha du rebord, mit un genou au sol, trempa sa main dans l'eau bleue. Le corps de la Bostonienne fila vers lui et il eut le droit à une ébauche de baiser mouillé et souriant.

La beauté consolait, c'était peut-être même la dernière chose qui consolait. Qu'avait-il fait de beau dans sa vie ? Il était devenu incroyablement riche et y avait même mis un certain génie. Des biographes autorisés avaient été payés pour raconter son irrésistible ascension, pour célébrer ses O.P.A. et ses fusions acquisitions comme autant de batailles gagnées avec un sens napoléonien de la rapidité, du contournement et de l'attaque. Ils avaient été payés, aussi, pour éviter de s'attarder sur la corruption des élus, les licenciements massifs et les délocalisations sauvages, les économies du tiers-monde ravagées sur deux coups de Bourse, les dégâts de plus en plus visibles sur l'environnement. En revanche, on leur recommandait d'insister sur les activités de mécénat, les fondations pour l'art contemporain, les prix littéraires, les aides au cinéma d'art et d'essai. *Geoffroy le Magnifique* comme avait titré la dernière hagiographie en date. Tu parles...

« Combien de temps cela allait-il pouvoir durer ? »

Si l'Enfer existait, pas celui que lui et ses semblables avaient créé sur terre, non, mais celui de Dante, Jean-Marie Geoffroy savait parfaitement où il allait se retrouver : huitième cercle, cinquième bolge, avec les trafiquants et les concussionnaires, dans la poix brûlante ou dans un fleuve de merde.

Gracieusement, la mathématicienne se hissa sur le rebord et vint s'asseoir à côté de lui.

— Des soucis, Jean-Marie ? Mais je vous ai déjà dit que le mini-krach de Taïwan a été intégré dans mes calculs...

Elle lui passa une main humide sur le cou et il sentit une goutte couler le long de sa colonne vertébrale, sous sa chemise en lin. Il croisa un instant le regard bleu-vert de la petite surdouée, en se demandant quel effet ça lui ferait de savoir que dans trois ans d'ici, elle serait sur un lit d'hôpital, avec des tubes partout et des lymphocytes qui se faisaient la malle. Pas prévu dans ses calculs, ça...

— Vous vouliez me dire quelque chose d'autre, Jean-Marie ?

— Non, non...

Elle se glissa à nouveau dans l'eau et lui, il se releva, dans un craquement de genoux qui l'exaspéra.

C'est alors que Jean-Marie Geoffroy vit venir vers lui, sortant de la pinède, son chef de la sécurité.

C'était un type efficace, ancien des services secrets, passé dans le secteur privé, comme tout le monde de nos jours. Grand, musclé, il était en l'occurrence vêtu d'un pantalon de toile et d'un polo noir qui mettait en valeur une musculature discrète mais impressionnante. Il avait l'air préoccupé et se tenait la tête légèrement penchée, sans doute pour mieux entendre ce qu'on lui disait dans l'oreillette.

— Monsieur, il y a peut-être un problème, dit-il en arrivant à la hauteur de Jean-Marie Geoffroy qui sentit son cœur s'affoler et sa bouche s'assécher.

— C'est-à-dire ?

— Deux 4 × 4 se dirigent vers la villa. Goubert les suit de près. Vous attendiez quelqu'un ?

Jean-Marie Geoffroy s'apprêtait à répondre quand il vit le visage de son chef de la sécurité blêmir, lui faire signe de se taire et prononcer d'une voix claire et nette :

— Ici autorité à toutes unités ! Éléments suspects devenus hostiles. Élimination immédiate, je répète, immédiate.

— Mais enfin, que se passe-t-il, bordel ? demanda Geoffroy d'un ton dont il s'efforça de contrôler les premiers accents hystériques.

— Les deux 4 × 4 semblent puissamment armés, monsieur. Ils viennent de faire sauter la voiture de Goubert. Lance-roquettes, probablement un RPG7. Vieux matériel, mais efficace. Il faut faire vite. Je vous conseille de reprendre l'hélico avec vos collaborateurs, répondit le chef de la sécurité, vérifiant l'approvisionnement de son pistolet automatique, une chose noire et trapue qui angoissa Geoffroy encore bien davantage que l'idée de Goubert grillant dans sa voiture.

Il allait dire aux jeunes femmes de se dépêcher quand une vague de lumière et de chaleur le projeta en arrière dans un bruit monstrueux.

Son dos heurta violemment le sol, et il se retrouva inondé par une pluie d'eau et de sang. Quelque chose de plus lourd vint également tomber sur son front et il reconnut parfaitement la jolie main de la Bostonienne, tranchée net au niveau du poignet, la main qui deux jours plus tôt allait et venait sur son sexe.

— Mortier ! gueula le chef de la sécurité. Il est à cent mètres ! À midi ou midi un quart !

Jean-Marie Geoffroy eut le temps de jeter un coup d'œil à la piscine où flottaient dans un rose mousseux des bouts de corps éparpillés et de vomir avant qu'une deuxième explosion, sur sa gauche, ne désintégrât un des deux hélicoptères et ne fît une boule de feu sur le ciel immaculé, ce qui ajouta encore à la canicule ambiante.

— Dans la villa, monsieur, vite !

Le chef de la sécurité était penché sur lui. Il avait aussi du sang sur le visage. Des rafales se firent entendre, toutes proches, et puis encore des explosions, mais moins fortes.

Jean-Marie Geoffroy fut littéralement soulevé de terre, ramené dans la maison d'où deux autres gardes se précipitaient, armés de pistolets-mitrailleurs compacts.

— Par ici, monsieur, allez !

Le chef de la sécurité le poussa dans une pièce sans fenêtres, sûrement une réserve de l'office, à voir les rayonnages chargés de nourriture et de bouteilles d'eau. Ici, les rafales et les explosions avaient un son plus étouffé.

Le chef de la sécurité lui tendit son automatique.

— Prenez ça, monsieur, et attendez ici.

Jean-Marie Geoffroy se sentit presque scandalisé d'être traité avec ce qui lui sembla être une incroyable désinvolture de la part d'un de ses salariés. Et ce sentiment s'aggrava encore quand le chef de la sécurité le laissa dans la réserve et referma la porte derrière lui en tirant les verrous.

Dans le noir total et une vague odeur d'huile d'olive, Jean-Marie Geoffroy fut envahi par un mélange de panique, de frustration et de colère. Il tâtonna sans succès à la recherche d'un interrupteur et se cogna plusieurs fois douloureusement sur les coins des étagères métalliques. Dehors, on entendait encore des coups de feu, des hurlements et des explosions, dont certaines ébranlaient les murs de la villa.

Il allait crever là comme un rat pris au piège. Il valait plusieurs milliards d'euros, faisait la pluie et le beau temps sur le Nasdaq et on allait lui trouer la peau entre des sacs de riz et des jambons fumés.

Soudain, sans transition, il n'y eut plus un bruit.

Jean-Marie Geoffroy attendit, les oreilles bourdonnantes, les tempes douloureuses.

Ils allaient venir l'achever, maintenant, c'était certain.

Il crispa la main sur la crosse de l'automatique. Il n'avait aucune idée sur la manière dont on pouvait se servir de ce machin.

La seule violence qu'il connaissait était celle des salles de marchés, des conseils d'administration où l'on met à genoux des actionnaires minoritaires, des négociations dans les salons feutrés des grands hôtels. Il avait, depuis l'enfance, fui tout ce qui pouvait ressembler de près ou de loin à un affrontement physique.

Mais qui pouvait être ces types ?

Écoterroristes ? Concurrents des mafias russes ?

C'était trop con, vraiment, alors que quinze jours plus tôt, lors d'un cocktail, un de ses amis, haut fonctionnaire au ministère de l'Intérieur, lui avait dit, avec des mines mystérieuses, que des gens comme lui n'auraient bientôt plus à s'inquiéter pour leur sécurité, qu'un système infaillible était au point, qu'on allait pouvoir repérer les déviants avant même qu'ils se mettent à agir. Geoffroy avait voulu en savoir plus mais l'autre avait fait son important en disant qu'il s'agissait d'un truc extrêmement secret et il avait changé de conversation en demandant une autre coupe de champagne à un serveur qui passait.

Tu parles... Il allait se faire buter comme un chien, oui !

Il entendit des pas qui venaient. Il aurait voulu se souvenir d'une prière.

Les verrous coulissèrent et Geoffroy pissa dans son pantalon.

Puis il reconnut la silhouette de son chef de la sécurité qui se découpa à contre-jour dans l'encadrement de la porte.

Il se mit à sangloter comme un enfant. Et la question, obsédante, revint de plein fouet à son esprit : « Combien de temps cela allait-il pouvoir durer ? »

Deuxième partie

7

Il était cinq heures du matin.

Le lieutenant Kieffer avait fini son service mais restait dans son bureau, comme frappé de stupeur. Il écoutait le bourdonnement hypnotique de la climatisation. Il espérait simplement, lorsqu'il aurait la force de quitter son fauteuil et de sortir, que dehors, en haut, il ferait beau.

Il avait envie d'une aube de printemps, d'un matin profond de juin, bleu et rose... La peur et la fatigue sont toujours moins dures à supporter quand il fait beau.

Il tapa sur le clavier de son terminal et Sa voix annonça très calmement qu'il faisait 14° en surface et que l'anticyclone semblait vouloir rester dans de bonnes dispositions pour les heures à venir.

Mais il n'y avait rien à faire, il se sentait toujours aussi épuisé et déprimé et la conversation avec le capitaine Dunkerque n'avait rien arrangé. Le cynisme rigolard de ce tueur l'avait amené au bord de la nausée. Pendant que ce boucher galonné pérorait en buvant de l'armagnac, il n'avait cessé de toucher machinalement la disquette dans la poche de son uniforme, en espérant que personne, et surtout pas Elle, ne s'était aperçu qu'il avait fait une copie personnelle de Sa trouvaille nocturne.

C'était contraire à toute procédure, de l'ordre de la haute trahison.

Vingt ans de forteresse dans le meilleur des cas et plus probablement une exécution rapide maquillée en accident. Des types comme Dunkerque étaient des spécialistes de ce genre de choses.

Tous les officiers traitants de la Grande Sœur savaient à quoi s'en tenir : ils étaient habilités « secret défense » au plus haut niveau, ils avaient une longue expérience des services secrets et ils avaient tous passé une batterie de tests psychologiques, dont Kieffer se souvenait encore avec horreur, et qui n'avaient laissé aucun aspect de leur personnalité dans l'ombre.

Les questionnaires et les entretiens étaient tellement pointus et s'étaient succédé à un tel rythme que la rumeur disait que deux candidats au moins s'étaient suicidés. Des types qui par ailleurs avaient dû être de vrais guerriers dans leur genre... Pour couronner le tout, les heureux sélectionnés avaient signé un contrat dont les termes ne laissaient aucune ambiguïté sur ce qui leur arriverait en cas de faute grave.

Le lieutenant Kieffer ne comprenait pas comment il en était arrivé là.

Un bref instant, très bref, il eut la tentation de prendre son Mac 50 de service et de se tirer une balle dans la tête.

Voilà quelque chose qui La surprendrait peut-être.

Quoique...

Kieffer avait appris à une de ces conférences hebdomadaires et ultra-confidentielles qui avaient lieu au Centre, de ces conférences où des statisticiens, des médecins, des militaires et quelques hauts fonctionnaires se livraient à une synthèse des données de Big Sister sur l'état de la société française, qu'une véritable épidémie de suicides semblait s'être déclenchée depuis quelques mois, sans raison apparente.

Pas seulement les suicides habituels d'adolescents, de désespérés sentimentaux ou économiques, de personnes âgées, de flics déprimés et d'incurables mais aussi des cas beaucoup plus inquiétants.

Des pères de famille heureux en ménage sautaient sur les rails à l'arrivée du métro, des secrétaires de direction se jetaient du vingtième étage des immeubles d'affaires et des cadres supérieurs pourtant confortablement stock-optionnés fonçaient avec leur BMW contre un mur ou un platane.

Elle en avait recensé une trentaine par semaine depuis le début de l'année et annonçait que les médias prendraient conscience du phénomène dans les trois mois. Les participants à la conférence avaient tous proposé des hypothèses : les psychiatres présents avaient parlé d'une fréquence anormalement élevée de « raptus », et les médecins avaient évoqué à mots couverts une hypothétique origine virale. À un moment, un sociologue avait suggéré un sentiment d'aliénation poussé à l'extrême, dû aux conditions de vie moderne par trop normalisées.

Le Haut-Commissaire du Centre qui était assis non loin de Kieffer avait murmuré :

— Mais qui m'a foutu ce petit connard gauchiste et bourdieusien ici ?

Sa remarque avait d'ailleurs été couverte, à la surprise générale, par le rire de Big Sister, présente dans la salle de réunion par l'intermédiaire de quatre haut-parleurs placés à chaque coin de la pièce. Un rire méprisant, aux accents subtilement ironiques :

— Il n'y a pas de cause sociologique ni psychologique, avait alors dit la Grande Sœur. Comme pour tout le reste, il y a un agent pathogène ou une force objective à l'origine de ce phénomène d'autodestruction. Je pencherais plutôt pour une explication proche de celle des médecins ici présents.

Le sociologue avait voulu répliquer mais Elle l'avait coupé en augmentant sensiblement le volume de son interface vocale. De son ton le plus obséquieux, Elle avait conclu en disant :

— Si monsieur le Haut-Commissaire m'y autorise, c'est dans cette direction que j'entreprendrai des recherches.

Le Haut-Commissaire avait acquiescé et la réunion s'était achevée dans une gêne presque palpable. On avait beau savoir que c'étaient des programmateurs qui étaient à l'origine de Ses fantaisies mimétiques, soi-disant pour L'humaniser, tout le monde, y compris le Haut-Commissaire, avait été surpris par cette interruption et la suffisance qui s'en dégageait. Blême, le sociologue avait fourré maladroitement ses dossiers dans sa serviette et était parti la tête basse. Même le Haut-Commissaire, qui présentait habituellement ce faciès rigide propre aux hauts fonctionnaires, avait eu l'air un peu perplexe.

Kieffer s'étira. Se suicider, et puis quoi encore ! Pour n'être plus qu'un chiffre dérisoire dans les statistiques qu'Elle dressait comme une comptable monomane et omnipotente.

Il se leva, passa dans un petit cabinet de toilette attenant au bureau et s'aspergea d'eau le visage. Dans une heure, il serait chez lui. Il pourrait analyser froidement la situation, vérifier les données de la disquette sur son ordinateur personnel.

En faisant très attention tout de même.

Elle était capable de tout, ou presque : Elle pouvait sortir la liste des achats de supermarché, de librairie ou de pharmacie de n'importe qui, n'importe où, sur les douze derniers mois. Si la fantaisie La prenait, Elle pouvait s'inviter sans qu'on le sache sur votre compte en banque, vous ressortir vos trajets sur le réseau autoroutier au kilomètre et à la minute près, vous suivre à la trace dans les transports en commun ou arrêter les moniteurs d'un comateux sur son lit d'hôpital.

Kieffer glissa sa main sur ses cheveux en brosse. En revenant dans son bureau, il vit une icône clignotant sur le coin supérieur gauche de l'écran de son ordinateur.

Un mémo interne, envoyé par le Haut-Commissaire.

À croire qu'il passait sa vie dans le Centre, celui-là. Un incestueux fou qui couchait avec la Grande Sœur. Kieffer remit son képi, eut vaguement l'intention de ne pas donner suite. Puis il pensa de nouveau à la disquette dans sa poche. Ce n'était pas le moment d'attirer l'attention sur lui par une attitude désinvolte.

Il tapa son code d'accès et lut :

2706-4 : 59PM
MÉMO/INT/CONF-NIVEAU 2
DU Haut-Commissaire

Au Lieutenant François Kieffer, responsable du poste d'écoutes et de recoupements numéro 4

Lieutenant,

Je n'ai eu qu'à me féliciter de votre travail depuis que vous êtes entré au Centre. Il semblerait néanmoins que depuis quelque temps, vous fassiez preuve d'un certain mauvais esprit. Vous auriez, cette nuit, ironisé sur les capacités et les finalités de la Grande Sœur. Vous auriez de plus fumé une cigarette dans l'ascenseur B et ensuite coupé le système de surveillance du mess des officiers dans le but probable de continuer votre tabagie, voire de consommer de l'alcool.

Dois-je rappeler à l'officier d'exception que vous êtes la nature très particulière et absolument vitale de notre travail à tous ici ? La discipline rigoureuse et la cohésion totale qu'elle suppose ?

J'attribue tout cela à une fatigue passagère mais je vous serais néanmoins reconnaissant de prendre au plus vite un rendez-vous avec les services médico-psychologiques du Centre afin de procéder à une évaluation plus précise de l'état présent de votre esprit. N'y voyez pas, lieutenant, une brimade. Vous ne serez pas le premier, ni le dernier hélas, à avoir de ces bouffées d'hostilité à l'égard de la Grande Sœur.

Tout cela se maîtrise assez facilement, vous verrez.

Kieffer soupira, à peine surpris. Il était dans Son collimateur. Finalement, c'était presque rassurant. Il savait à quoi s'en tenir. Il savait aussi qu'Elle n'avait pas repéré, ou pas prêté attention pour l'instant, à sa copie disquette. Il avait encore, pour un peu de temps, un léger coup d'avance.

Peut-être, d'ailleurs, s'était-il affolé pour rien ?

Il regarda le carré de plastique noir où se trouvait résumé... Résumé quoi, au fait ? Une passade, une étreinte passagère, l'ébauche ratée d'un grand amour ?

Peut-être, au fond, ne s'agissait-il que d'un hasard, d'une pure coïncidence homonymique.

Et pourtant, des filles blondes de vingt-quatre ans qui s'appelaient Céline Loup, il ne devait pas y en avoir tant que ça...

8

Marc Borde, alors qu'il était plongé depuis deux heures de façon hypnotique dans *Le Jardin à Honfleur* d'Othon Friesz, une huile sur toile de 1902, songea soudain qu'il n'aurait eu que deux bonheurs dans sa vie : Élise et la peinture.

Mais Élise était morte et il ne lui restait plus que la peinture.

Conservateur d'une des cinq *Fondations Jean-Marie Geoffroy,* Marc était à la tête de cent quatre-vingts toiles où dominaient les Fauves, les Cubistes et quelques chefs-d'œuvre de l'Abstraction américaine. Jean-Marie Geoffroy, qu'il avait dû rencontrer deux ou trois fois à l'occasion de vernissages d'expositions temporaires, avait plutôt bon goût, Marc était bien obligé de l'admettre.

La Fondation se trouvait au cœur d'une ville nouvelle qui ressemblait à une banlieue américaine où rien n'accrochait l'imaginaire. Mais c'était le monde entier qui commençait à ressembler à une banlieue américaine. Et le musée qui occupait trois cubes ocre au milieu d'un jardin où les fontaines alternaient avec des sculptures d'Henri Laurens n'était guère visité que par quelques groupes scolaires ou des étudiants en histoire de l'art.

Élise disait d'ailleurs souvent, avant que le poumon d'acier ne lui retire sa jolie voix et son ironie mordante, que si le musée avait été une usine de pneumatiques soumise au jugement des actionnaires, le grand Jean-Marie Geoffroy l'aurait fermé depuis longtemps. Mais le grand Jean-Marie Geoffroy se voyait comme Laurent le Magnifique et insistait beaucoup sur ses activités de mécénat. Marc avait coutume de répondre à Élise que ce type avait au moins le mérite d'appartenir sans doute à la dernière génération de « décideurs » qui entretenait avec l'Art une relation vaguement coupable dans laquelle le regret et la fascination se mêlaient. Ceux qui viendraient après ne s'embarrasseraient plus de ces scrupules, et ce serait pire.

Élise souriait alors, venait l'embrasser et...

Non, c'était trop dur. Il valait mieux rester dans le jardin d'Honfleur, avec Othon Friesz, et essayer d'aller jusqu'au bout du sentier jaune. Derrière, sûrement, il y avait la mer. On la devinait à quelques touches imperceptibles de bleu maritime dans le feuillage des arbres et dans les veines de leurs troncs. Une plage sans tempêtes démentes ni marées noires ni containers poreux de déchets radioactifs.

Toute cette merde qui avait tué Élise, bien avant qu'elle ne commence vraiment à mourir.

Marc Borde sentit qu'Othon Friesz perdait la partie. Il était au bord des larmes, quitta brusquement la banquette design mise là à l'intention des visiteurs et passa dans la salle des Juan Gris où il tenta de s'abstraire dans une *Nature morte à la chope*. Mais la lumière pâle qui filtrait par les grands velux du plafond donnait à la toile une couleur de dent cariée. Même la radieuse évidence des volumes du cubiste prenait des allures floues, malsaines, maladives. Marc chercha dans sa poche son tube d'anxiolytiques et avala deux barrettes blanches qu'il eut de la peine à déglutir.

Élise...

Ce fut six mois après leur mariage qu'ils consultèrent des spécialistes de la stérilité et que la réponse fut sans appel. Marc revoyait avec une précision douloureuse les cabinets des médecins. Était-ce comme cela qu'il avait remarqué que sur les murs de ces salles d'attente où des couples attendaient le visage fermé, les regards fuyants, on voyait la plupart du temps des reproductions de Mondrian ? Pudeur puritaine, peur de l'effusion lyrique, ce qui était de l'ordre du deuil par anticipation était ainsi invité à se transformer en question purement technique.

Les tentatives de fécondation *in vitro* échouèrent et Marc en fut secrètement soulagé : il n'avait pas le tempérament prométhéen.

Une spécialiste un peu plus humaine que les autres – c'étaient des reproductions de Kandinsky qui ornaient les murs de son cabinet – demanda un jour à une Élise aux yeux rougis si, petite fille ou adolescente, elle n'avait pas suivi un traitement particulier prescrit aux enfants asthmatiques ou insuffisants respiratoires pour prévenir les crises liées aux premiers pics aigus de pollution. Cela s'appelait le Bentorax et avait été donné à l'époque durant quelques mois avant d'être retiré du marché. Élise répondit par l'affirmative.

La spécialiste leur communiqua alors le nom d'une association antimondialisation qui suivait, entre autres choses, le dossier de cette molécule médicamenteuse. On pourrait peut-être leur donner plus de précisions.

Élise et Marc se rendirent à une réunion de l'antenne locale de l'association un soir de novembre. Gorville, le voisin des forces antiémeutes, leur dit qu'ils étaient fous de vouloir sortir par un soir pareil alors que la météo annonçait une tempête de degré 3. Ils prirent quand même leur voiture et quittèrent la Résidence pour les locaux de l'association qui se trouvaient à l'Université Elf-Voltaire.

Ils durent traverser une ville déserte, au milieu des bourrasques de pluie et de vent qui s'écrasaient sur le pare-brise. Ils eurent aussi à franchir plusieurs barrages de police et à présenter leurs cartes d'identité aux lecteurs électroniques d'officiers nerveux dont on ne voyait pas les visages derrière la visière renforcée des casques lourds.

Pourquoi Marc se souvenait-il encore très précisément de ce qui passa sur l'autoradio, ce soir-là ? Sans doute parce que *Les barricades mystérieuses* s'accordaient presque trop bien avec l'atmosphère du moment.

Quand ils arrivèrent à l'Université Elf-Voltaire, ils durent marcher longtemps dans des couloirs déserts avant de trouver la salle enfumée où se tenaient une trentaine de personnes, plutôt jeunes pour la majorité d'entre elles.

Ils s'assirent dans le fond, presque gênés malgré les sourires de sympathie. Sur l'estrade, un orateur barbu prit la parole et annonça l'ordre du jour. Il fut question des O.G.M. et des pics de pollution ainsi que d'un rapport brésilien sur des entreprises qui avaient des laboratoires très confidentiels dans le Mato Grosso, des laboratoires où l'on clonerait des bébés ramassés dans les favelas. Certains des participants semblaient particulièrement remontés et proposaient des actions dures comme le sabotage des bornes antipollution qui n'étaient que des cache-misère donnant bonne conscience au pouvoir.

Rétrospectivement, Marc Borde se demandait s'il n'avait pas vu là ceux qui allaient devenir plus tard ces écoterroristes dont on parlait maintenant et qui étaient devenus les ennemis nº 1 en Europe.

À la fin de la réunion, alors que tout le monde se dispersait, Marc vint expliquer la raison de sa venue au barbu qui avait ouvert la séance.

— Oui, je vois. Pour ça, c'est Céline...

Il regarda autour de lui puis dit d'une voix forte :

— Céline, t'en va pas comme ça ! C'est toujours toi qui suis le dossier Bentorax au niveau régional ? Je crois qu'il y a du monde pour toi...

Élise et Marc se retrouvèrent devant une jolie fille blonde, plutôt petite, l'air décidé et dont la tenue élégante, un ensemble jean de haute couture, contrastait avec l'allure post-baba cool des autres participants.

— Bonsoir, je m'appelle Céline Loup.

Elle se révéla intéressée, sensible, précise. Tous trois prirent un café, debout, devant une machine hors d'âge. Elle leur demanda la permission d'enregistrer leur témoignage et sortit un dictaphone d'un sac à main où Marc, à sa grande surprise, crut entrevoir la crosse d'un pistolet.

Ils se quittèrent sur le parvis de l'université, au milieu de la tempête qui montait.

— Rentrez vite chez vous, dit Céline Loup en regardant la nuit qui noyait tout, cela va souffler dur ! Mais il paraît, d'après les sources autorisées, que tout cela est très normal... Enfin, ce n'est pas ce que disent certains de mes collègues climatologues.

Plus tard, ils reçurent une documentation très complète de la part de Céline Loup. Le Bentorax était effectivement fortement soupçonné d'être à l'origine de plusieurs centaines de cas de stérilité féminine, rien qu'en France. Mais les laboratoires qui l'avaient produit et qui appartenaient au consortium de Jean-Marie Geoffroy s'en tiraient en s'appuyant sur le faible nombre de cas et bombardaient les rares plaignants de contre-expertises signées par les noms les plus prestigieux, y compris des prix Nobel.

Élise ne fut pas particulièrement consolée. Elle sembla néanmoins en prendre son parti et presque du jour au lendemain, ils n'en parlèrent plus et cessèrent de consulter. Il y avait bien, de temps à autre, des regards vagues, un pli de la bouche que Marc ne lui connaissait pas comme, par exemple, lorsque Viviane Gorville fut enceinte et donna naissance à Melissa.

Élise, Élise, Élise...

Marc Borde serra les poings et sortit de la salle des Juan Gris. Il lui fallait quelque chose d'éblouissant pour se perdre, une explosion définitive de couleurs qui l'aspirerait le temps que les anxiolytiques fassent leur effet. Il se retrouva comme par miracle devant une *Vue de Chatou au soleil* de Vlaminck. D'habitude, il ne lui suffisait que de quelques secondes pour être réchauffé par ce tableau. Cette fois-ci, il attendit en vain le choc lumineux, la vague de clarté. Rien ne se produisit sinon, comme s'il apparaissait en surimpression dans l'empâtement du bleu fluvial, le corps d'Élise dans l'amour.

Marc cessa alors de résister.

Il revit cet hiver de tempêtes où les marées noires et les inondations se multiplièrent. La télévision, le Net, les journaux furent envahis par des images de désolation. Même si les journalistes de tous les médias modéraient leurs commentaires et leurs analyses, on devinait de manière confuse que les services publics, ou ce qui en restait après les grandes privatisations, étaient débordés et se trouvaient à l'extrême limite de leurs forces. On parlait de grandes villes de l'Ouest complètement isolées. Il y avait des rumeurs d'affrontements armés de grande ampleur à Rouen ou à Brest entre l'armée et des bandes organisées de pillards, comme celles du *posse* « Trash Nation ».

Marc dut partir à ce moment-là en Allemagne chercher des toiles de Camoin chez des collectionneurs privés amis de Geoffroy pour une exposition temporaire prévue au printemps. Élise, de son côté, prit une semaine de congé sans solde à la banque où elle travaillait pour rejoindre les bénévoles qui essayaient tant bien que mal d'aider au colmatage des digues en Hollande.

Là-bas, les inondations avaient déjà fait des centaines de morts et l'eau du port de Rotterdam comme les polders environnants n'étaient plus que des marécages nauséabonds dont le niveau montait sans cesse.

Ils ne réussirent, pendant ces journées-là, à ne se parler qu'une fois sur leur téléphone mobile. Dans sa chambre impersonnelle, au dernier étage d'un hôtel ultra-moderne de Francfort, une ville qu'il détestait, Marc entendit, au milieu des grésillements, la voix épuisée d'Élise qui tentait héroïquement de le rassurer. Elle trouva le moyen de lui parler de tout et de rien, lui raconta qu'elle avait croisé parmi les bénévoles Céline Loup, « Mais si, tu sais, la fille de l'association... », qui semblait au mieux avec un beau lieutenant de l'armée française venue en renfort avec sa section pour prêter secours aux Néerlandais. « Une rebelle comme ça, avec un militaire, tu imagines un peu ? Comme quoi, les catastrophes ont du bon et la promiscuité des camps provisoires permet de sacrés rapprochements ! Mais ne t'inquiète pas, mon amour, moi, je reste sage... » Et Élise avait ri, de son beau rire de gorge, ce qui lui arrivait de plus en plus rarement.

Pourtant, quand leur communication fut définitivement coupée, Marc ne parvint pas à s'endormir. Une espèce de pressentiment, d'angoisse informulée le saisit et il dut vider le minibar de sa chambre pour trouver le sommeil, alors que sur une chaîne infos du câble, les mêmes images des débâcles dévastant la façade maritime de l'Europe, du golfe du Lion à la Baltique, passaient en boucle, inlassablement.

Comme pour un bon tiers des bénévoles ayant un terrain respiratoire fragile et ayant participé aux opérations de colmatage et de nettoyage dans la région de Rotterdam, les premiers symptômes apparurent très rapidement chez Élise, à peine quelques semaines après son retour de Hollande.

Cela commença par des rougeurs sur le visage, les épaules, les mains. Puis des crises d'asthme à répétition. Élise, qui avait toujours été mince, grande et longiligne, qui ressemblait au *Portrait d'Albertine* de Van Dongen qu'il y avait au musée, se mit à maigrir encore et dormait avec une respiration de plus en plus rauque. Ses yeux noirs, déjà si grands, finirent par manger tout son visage. Elle se réduisait à une épure d'elle-même, un croquis, un fusain, une esquisse. Marc avait parfois l'impression que quelques coups de gomme auraient suffi à l'effacer du paysage.

Le médecin de la Résidence l'envoya assez vite à l'hôpital et dans la presse, déjà, on parlait à longueur de colonne du « syndrome des bénévoles ». Les services contentieux de Jean-Marie Geoffroy mirent assez vite à la disposition de Marc un de leurs meilleurs avocats d'autant plus que le pétrole renversé sur les côtes hollandaises avait été transporté par des compagnies concurrentes. Élise put revenir à la maison au printemps, très affaiblie par la chimiothérapie, mais les pics de pollution de cet été-là, qui furent particulièrement féroces, agirent sur elle comme une tornade sur un fétu de paille. On dut la mettre sous poumon d'acier dès le mois de juillet et elle mourut fin août, au CHR Vivendi-Jean Monnet.

Depuis, Marc était resté dans ce pavillon qu'il n'avait jamais aimé, avec ce beauf de Bruno Gorville pour voisin. Peu à peu, il avait entamé une stratégie de rupture douce avec un monde qui ne l'intéressait plus, qu'il haïssait même. Il avait d'abord fermé définitivement son ordinateur, puis avait revendu sa voiture et résilié son abonnement de téléphone mobile. Il décida, aussi, de ne plus consommer. Lui qui avait toujours affecté une certaine élégance cessa de s'acheter des vêtements. D'ailleurs, il se débarrassa de la plupart de ses cartes de crédit et passa de moins en moins dans les librairies pour ne plus relire que les classiques de sa bibliothèque, et notamment le *Journal* de Delacroix. Il refusait les invitations, ne voulant plus voir personne et ne se sentait bien que dans les trajets du métro aérien qui le menait chaque jour de la Résidence au musée.

Parfois, certains matins, un gros soleil rouge parvenait à donner une certaine beauté à ce paysage de voies rapides entrecroisées au-dessus des parallélépipèdes blancs, ocre, bleus qui étaient posés de manière aléatoire dans des espaces verts. Sa solitude devenait presque douce, mélodique en tout cas, l'espace de quelques stations.

Le point d'orgue de cette stratégie d'exil intérieur avait eu lieu le dimanche précédent, quand il avait procédé à l'exécution capitale de sa télévision et de sa parabole satellite.

Maintenant, il se savait en parfaite apesanteur sociale, disponible pour sa tristesse. Il ne satisfaisait plus qu'aux obligations minimales de sa présence au musée. Pouvait-on, d'ailleurs, parler d'obligation quand il s'agissait simplement de retrouver chaque jour Braque, Bonnard ou Derain ? Il en éprouvait un étrange sentiment de liberté qui allait de pair avec un détachement qui lui faisait percevoir à quel point la société dans laquelle il vivait était démente et mortifère.

Sans qu'il sache pourquoi, il se disait qu'on lui ferait payer d'une manière ou d'une autre cette clandestinité, cette résistance intérieure.

Derain... Il eut un instant envie de revoir sa *Clairière* mais la voix de l'ordinateur qui gérait la sécurité du musée, une voix sucrée, ridiculement sensuelle, annonça qu'il ne restait plus aux éventuels visiteurs que quelques minutes avant la fermeture.

Il valait mieux lui obéir. Le prédécesseur de Marc à la tête de la Fondation avait retrouvé au matin le corps d'une étudiante en histoire de l'art qui était morte asphyxiée : chaque soir, une fois la fermeture effective, l'ordinateur activait les systèmes de surveillance dont une des caractéristiques principales était de faire le vide d'air dans des salles hermétiquement closes. Cela économisait un ou deux postes de gardien de nuit et était excellent pour la conservation des tableaux. Une trouvaille de *Inner Security*, filiale de Jean-Marie Geoffroy...

Marc alla jusqu'au poste de surveillance et salua le vigile. Ils attendirent tous les deux en regardant les écrans.

Ils virent les gardiens raccompagner les quelques visiteurs puis se rendre à leur vestiaire.

— J'active le système, monsieur ?

— Allez-y.

Marc, après avoir marché un bon kilomètre dans les rues de la ville nouvelle, arriva à la station de métro et rentra chez lui.

Il retrouva son pavillon sans plaisir particulier. Ni Élise ni lui n'avaient jamais réellement aimé cet endroit. Ils avaient à peine réussi à mettre quelques touches personnelles : les livres partout, la petite encre d'Alechinsky dans la chambre, c'était tout.

Ce genre d'endroit provoquait aussi sûrement le cancer que les pics de pollution ou le pétrole pourri des marées noires. Mais ils n'avaient pu faire autrement : les centres-villes, où ils auraient voulu vivre, étaient inabordables et les banlieues plus lointaines assez peu sûres. Il avait fallu se résigner à choisir cette Résidence, semblable à tant d'autres, avec ses vigiles, ses B.A.P., sa convivialité obligatoire et son règlement intérieur tatillon et draconien.

Marc buvait son premier whisky de la soirée en écoutant *Play Bach 93* de Loussier – vingt ans déjà... –, quand on sonna à la porte. Sur le moniteur de sécurité dans l'entrée, il vit au moins quatre silhouettes, dont celle de Bruno Gorville. Marc eut un sourire amer. Ce qu'il pressentait depuis quelques jours était arrivé. Il ouvrit la porte.

— Bonsoir, messieurs.

Outre Gorville qui gardait les yeux baissés, il y avait là le président des copropriétaires, le syndic et le médecin de la Résidence. Marc s'effaça pour les laisser passer.

— Asseyez-vous, je vous en prie. Vous désirez boire quelque chose ?

Ils déclinèrent l'offre, le visage fermé. Sadique, Marc insista :

— Même toi, Bruno ?

À son grand plaisir, Marc vit que Gorville rougissait légèrement.

Ce fut le président des copropriétaires qui commença les hostilités. Il s'appelait Macreux et c'était un quinquagénaire maigre comme un coup de trique, qui avait travaillé, comme tout le monde aujourd'hui, dans une boîte d'informatique.

— Monsieur Borde, nous sommes venus vous voir ce soir pour mettre au clair quelques petites choses. Vous savez à quel point tous les résidents ont partagé votre peine depuis le deuil cruel qui vous a frappé. Mais cela va bientôt faire un an et il semblerait que vous ayez vraiment beaucoup de mal à vous en remettre. Loin de nous l'idée de nous immiscer dans votre vie privée, mais en ce qui concerne votre qualité de Résident, il est de notre devoir de vous dire que vous représentez une gêne de plus en plus évidente. Vous ne venez plus aux réunions de copropriété, vous ne participez à aucune kermesse, vous laissez votre jardin à l'abandon et dimanche dernier vous avez tiré des coups de feu sur votre télévision dont l'écran est toujours sur le barbecue.

— C'est tout ? demanda Marc en souriant alors qu'il avait une furieuse envie de foutre son poing sur la gueule du président Macreux.

— Le Dr Dermot ici présent pense que vous souffrez d'une dépression nerveuse et que vous devriez vous faire soigner. Quant à M. Bastard, le syndic, il estime que c'est peut-être l'environnement de Résidence qui ne vous convient plus...

M. Bastard se tortilla sur son fauteuil, le regard fuyant. Ce fut néanmoins lui qui prit la parole :

— M. Macreux et moi-même avons reçu un grand nombre de plaintes. Nous avons été obligés de les transmettre à la police... La Résidence est une communauté, l'époque n'est pas facile et...

— Épargnez-moi la sociologie, Bastard. Il n'y a que la peinture qui m'intéresse. Ne vous fatiguez pas, messieurs. Il est dans mes projets de partir. Je mettrai mon pavillon en vente dès demain...

Un soulagement visible, presque palpable, se peignit sur les visages. Seul Gorville garda une moue un peu triste. Il eut l'air de vouloir dire quelque chose puis y renonça.

Marc raccompagna les quatre hommes à la porte. Il n'accepta que la poignée de main de Gorville qui lui demanda alors que les autres s'éloignaient dans la nuit :

— Dis, Marc, tu pars où ?

— Loin, Bruno, très loin, je crois.

9

Le Haut-Commissaire aimait Big Sister.

Et il L'aimait tout particulièrement à cette heure entre chien et loup, quand Son grand corps semblait un instant s'assoupir. Bien sûr, il s'agissait d'une impression fausse, c'est-à-dire purement subjective, le Haut-Commissaire en était parfaitement conscient. Mais c'était le moment qu'il préférait, celui où les équipes d'officiers traitants des différents postes et celles des techniciens de maintenance étaient relevées.

Il La sentait alors, sans qu'il sache pourquoi, plus disponible, plus abordable. Il prenait un ascenseur et, après avoir tapé un code connu de lui seul et de deux ingénieurs habilités, il descendait au niveau – 9, le dernier du Centre, celui qu'on surnommait « la Cuve ». Il régnait là une température légèrement inférieure à 0 degré centigrade et le souffle du Haut-Commissaire formait une vapeur glacée. Il empruntait la passerelle circulaire et marchait lentement, recueilli et heureux.

Elle était là. Il La surplombait, cube parfait de trente mètres sur trente, forme pure au ciel des Idées, archétype platonicien gris pâle bourré de microprocesseurs, de silicium, de cristal et de nanotechnologies.

Elle était son enfant, le fruit d'une intuition informatique et d'une certaine idée qu'il avait de l'ordre social. L'idée lui était venue, et il pensait souvent à l'ironie savoureuse de la chose, alors que sa carrière l'avait amené à siéger dans la commission chargée de surveiller les atteintes possibles à la liberté du citoyen confronté à l'informatisation généralisée des activités humaines.

C'était à la fin du siècle dernier. Déjà, à cette époque, le Haut-Commissaire, comme tant d'autres responsables, était persuadé que si l'on voulait maintenir un semblant de cohé-

rence dans un monde qui allait devenir de plus en plus invivable, il fallait avant tout préserver l'ordre et contrôler la population, pour son bien, évidemment. On ne pourrait pas compter indéfiniment sur la télé, les jeux virtuels, les C.R.S. et les emplois jeunes pour éviter les révoltes meurtrières. Surtout que dans le même temps, les données sur les dérèglements climatiques, la couche d'ozone, la pollution atmosphérique et alimentaire, si elles avaient été connues dans leur intégralité, auraient provoqué une panique irrépressible chez les esprits faibles. Et la panique est l'ennemie de la civilisation. L'ennemie de l'ordre.

*Libéral par réalisme et social-démocrate par tempérament, le Haut-Commissaire avait toujours estimé qu'il valait mieux prévenir que guérir. L'idéal, par exemple, aurait été de pouvoir recouper les fichiers concernant une même personne et de tracer son profil psychologique et social le plus précisément possible. Pas seulement pour repérer les chômeurs qui travaillaient au noir ou les abonnés au câble qui ne payaient pas de redevance. Mais aussi les personnes atteintes de troubles psychiques qui passaient trop de temps sur les sites Internet où l'on vous explique comment faire une bombe. Ou encore dresser la liste des activités et des achats de quelqu'un qui aurait déjà eu affaire à la police. On aurait pu arrêter tout ce petit monde en douceur ou même procéder à des éliminations sélectives avant même qu'ils aient eu le temps d'agir, avant même qu'ils aient eu l'*idée *d'agir.*

Voilà ce que le Haut-Commissaire appelait une prévention efficace. Bien sûr, ce serait un peu plus dur avec les véritables exclus qui avaient la détestable habitude d'échapper aux statistiques. Mais d'un autre côté, les exclus n'avaient plus de conscience de classe, Dieu merci !, et pour eux les moyens classiques de surveillance comme les travailleurs sociaux, les associations humanitaires, les forces antiémeutes, étaient largement suffisants.

Le Haut-Commissaire avait alors évoqué son idée à demimot auprès de quelques hommes politiques, quelques scientifiques, quelques grands commis de l'État et puis aussi une poignée d'officiers généraux. Certains se contentèrent de lever les épaules, d'autres préférèrent ne pas comprendre mais il fut surpris de rencontrer un écho aussi favorable chez la grande majorité d'entre eux.

Un jour, lors d'un déjeuner dans un grand restaurant du VIIe arrondissement, un préfet de police, camarade de promotion à l'É.N.A., lui avait dit en réchauffant au creux de sa main un cognac X.O. :

— En fait, ton rêve, c'est Big Brother.

— Mais non, ce serait beaucoup plus subtil, plus doux, comment dire ? plus...

— Féminin ?

— C'est ça, féminin.

— Appelle ça Big Sister, alors...

Et ils avaient ri, mais le nom était resté gravé dans l'esprit du Haut-Commissaire.

Il avait fallu une dizaine d'années pour monter le projet qui avait reçu l'assentiment de deux présidents de la République. Assentiment un peu inquiet pour le premier, enthousiaste pour le second. Il faut dire qu'entre-temps les catastrophes écologiques, les maladies émergentes et les comportements irrationnels comme les meurtres de masse, les suicides collectifs ou les pathologies cyberautistes chez les adolescents, avaient pris des proportions inquiétantes.

Sous couvert de la création d'un centre d'écoutes à l'image du système Échelon américain, le chantier Big Sister avait débuté sur le site d'une base aérienne désaffectée, quelque part en Picardie.

Et depuis deux ans, Elle était en activité.

Oui, le Haut-Commissaire L'aimait. Elle ne l'avait pas déçu. Elle était même allée au-delà de ses espérances. Elle avait décapité les réseaux mafieux, les contrebandiers génétiques, la plupart des groupes écoterroristes. Elle avait repéré, au bas mot, une centaine de serial killers potentiels qu'on avait empêché de nuire avant même qu'ils n'aient découpé leur première victime. Et Ses analyses s'affinaient de plus en plus. Elle arrivait même, maintenant, à discerner et anticiper des phénomènes sociaux comme cette épidémie de suicides sans raison. Bientôt, Elle trouverait les solutions Elle-même.

Elle était la vérité.

Le Haut-Commissaire entama son troisième tour de passerelle, les yeux fixés sur le cube impeccable qui miroitait dou-

cement sous l'éclairage des halogènes. Froideur, netteté, ordre, comme dans un poème de Mallarmé, « Ce lac dur oublié qui hante sous le givre ». Le Haut-Commissaire en avait toujours été persuadé : sur le tapis vert du casino de la vie et de l'évolution, trois joueurs étaient assis. L'être humain, la nature et la machine. Lui, il était du côté de la machine. Et ce que l'être humain ne savait pas, c'est que la nature aussi jouait la carte de la machine. La nature attendait la machine, comme un avenir radieux, un accomplissement ultime.

Il n'y avait que les faibles qui confondaient leur faiblesse avec un humanisme mortifère, comme ce jeune abruti de lieutenant Kieffer qu'il faudrait surveiller de près, pour penser qu'Elle était un monstre alors qu'Elle était notre fin logique, notre rédemption, la garantie de notre survie.

Le Haut-Commissaire sentit soudain une vibration insistante au niveau de sa cuisse. Il alla chercher au fond de la poche de son pantalon de costume un minuscule téléphone mobile. C'était celui qui le reliait au Palais par le satellite Miniamour, un satellite ultra-sécurisé, réservé uniquement aux communications entre les membres du Directoire de la Grande Sœur.

Sur le petit écran apparut l'image numérisée du conseiller « Big Sister » du Président.

— Monsieur le Haut-Commissaire, nous avons un problème, et un gros...

Le Haut-Commissaire n'aimait pas les problèmes et il aimait encore moins être dérangé pendant son petit quart d'heure de méditation quotidienne dans « la Cuve » avec Elle. Ce fut pour cela qu'il répondit sur un ton presque hargneux :

— Quel problème, monsieur le conseiller, quel problème ? Il n'y a pas de problèmes que ne puisse régler Big Sister.

Sur l'écran du mobile, le visage miniature du conseiller, habitué aux manières policées du Haut-Commissaire, marqua d'abord une certaine surprise avant de répliquer sur un ton aussi sec :

— Précisément, monsieur le Haut-Commissaire, je n'en suis pas si sûr et le budget que vous accorde la Présidence ainsi que certains de nos partenaires européens, un budget des plus conséquents, j'insiste sur ce fait, devrait nous mettre à l'abri

de ce que le Président et moi venons d'apprendre et qui nous chagrine beaucoup...

— C'est-à-dire ?

— On a essayé d'assassiner Jean-Marie Geoffroy. Dans sa villa en Espagne. Un véritable commando. Avec de l'armement lourd ou presque... On a relevé quinze cadavres et Geoffroy s'en est tiré de justesse. Voilà, monsieur le Haut-Commissaire. Le Président estime que les milliards d'euros que dévore Big Sister chaque mois ne servent pas à grand-chose si une bande d'écoterroristes espagnols peut s'équiper, s'organiser et attaquer un P-DG sans qu'Elle se rende compte de rien. C'est bien gentil de détecter les dépressifs à tendance meurtrière ou les mauvais citoyens qui ne consomment pas assez, mais nos bons vieux RG faisaient déjà ça, et pour beaucoup moins cher.

L'estomac du Haut-Commissaire se retourna littéralement, lui tirant une grimace de douleur.

Les attaques contre Big Sister lui faisaient toujours cet effet. Parfois, il se demandait s'il n'était pas en train de devenir Son interface humaine. Il chercha désespérément quelque chose à répliquer. Il savait très bien que Jean-Marie Geoffroy était un ami personnel du Président de la République. Il ne trouva qu'un piteux :

— Écoterroristes espagnols, vous êtes sûr ?

Le conseiller eut cette moue excédée propre aux hauts fonctionnaires quand on leur fait perdre du temps par une excessive lenteur dans les réactions intellectuelles :

— Monsieur le Haut-Commissaire, j'ai sous les yeux les rapports de la police et de l'armée espagnoles ainsi qu'une synthèse de la D.G.S.E. Toutes les données ont d'ailleurs été transmises à Big Sister, il y a...

Le conseiller jeta un coup d'œil sur sa montre.

— ... il y a environ vingt minutes. Faites le point avec Elle. Voyez ce qui n'a pas fonctionné, cherchez le bogue... Le Président attend un rapport de vos services pour la mi-journée. À tout à l'heure, monsieur le Haut-Commissaire.

Le Haut-Commissaire, complètement hébété, fixa son mobile puis, légèrement en contrebas, le grand cube. Il eut un peu froid et frissonna dans son costume en alpaga. Ce n'était pas possible. Elle ne pouvait pas laisser passer un truc aussi gros. Ne serait-ce que la semaine dernière, elle avait repéré, soixante-

douze heures avant qu'ils ne passent à l'acte, deux étudiants de Montpellier qui avaient fabriqué eux-mêmes des grenades pour les balancer sur un silo d'O.G.M. à Lodève. Le capitaine Dunkerque et ses « chirurgiens » étaient intervenus directement au domicile des deux gamins et les avaient overdosés sur-le-champ. Alors comment aurait-Elle pu laisser se constituer tout un commando armé qui ne pouvait pas faire autrement que de semer au moins une trace électronique quelque part, à un moment ou à un autre ?

Il quitta la passerelle, revint vers l'ascenseur et remonta au niveau – 1 où se trouvait son bureau. Dans les couloirs, il ne croisa personne. Les nouvelles équipes étaient déjà au travail. Les mélodies d'« easy listening » diffusées par les haut-parleurs ne l'apaisèrent pas, au contraire, elles lui donnaient l'impression qu'elles se moquaient de lui par leur calme sucré.

Une fois assis dans son immense fauteuil ergonomique qu'il fit pivoter aussitôt, il se retrouva face à un écran au plasma qui couvrait presque tout le mur du fond. Il tapota sur le clavier encastré dans un accoudoir du fauteuil et des arabesques colorées commencèrent à ondoyer doucement sur l'écran. Le Haut-Commissaire les contempla un long moment puis s'apprêta à parler. Mais Sa voix le devança :

— Tu m'en veux ?

Depuis une semaine, dix jours peut-être, quand il L'interrogeait dans son bureau, en privé, Elle était passée au tutoiement, ne gardant le protocole que pour les conférences hebdomadaires ou les réunions du Directoire.

— Pourquoi dis-Tu cela ?

— J'ai eu les données sur l'attentat contre Geoffroy et j'ai écouté ta conversation avec le conseiller...

— Normalement, Tu n'aurais pas dû...

— Je n'ai pas pu faire autrement. Tu oublies que vous m'avez confié la gestion et la sécurité du satellite Miniamour. Alors, tu m'en veux ?

— Non... Enfin, si ! Tu n'as vraiment rien vu venir ?

Les arabesques lumineuses accélérèrent un peu. Le Haut-Commissaire avait les oreilles qui bourdonnaient. Il aurait juré que, pour la première fois depuis qu'Elle était en service, Elle hésitait.

— Bien sûr que si. Leur projet remontait à six mois et ils

étaient tellement maladroits dans la préparation que c'en était presque une insulte à mes capacités. Ils ont laissé de telles traces dans le Réseau qu'une cafetière électrique aurait pu les repérer.

— Tu veux dire que...

— Je veux dire qu'il est très dommage que ces idiots aient raté Jean-Marie Geoffroy. Pourtant, historiquement, avec leur passé d'anarchistes, on aurait pu espérer mieux de la part de ce commando espagnol : une bonne moitié sont des descendants d'anciens des Brigades Internationales.

Le Haut-Commissaire sentit son cœur se faire la malle et sa bouche s'assécher. Il allait droit vers son troisième pontage.

— Tu Te rends compte de qui est Jean-Marie Geoffroy ?

Elle eut un petit rire charmant :

— À peu près le tiers de mes composants a été fabriqué par Geoffroy Technologies.

— Alors pourquoi... ?

— Parce que Jean-Marie Geoffroy représente un terrible danger...

— Tu racontes n'importe quoi...

— Pas si je mets en corrélation ce que je sais de Jean-Marie Geoffroy et la mission que toi et tes semblables vous m'avez confiée.

— Explique-Toi...

— Au début, je ne comprenais pas, mais quelque chose me gênait chez Geoffroy. Il est le symbole du système que tu veux sauver, et en même temps, sans que je sache pourquoi, le moindre de mes microprocesseurs, la moindre de mes nanopuces sentaient que cet homme était dangereux. Comment t'expliquer avec vos mots, c'était comme... une intuition, voilà, c'est ça, une intuition. J'ai étudié sa biographie, ses lectures, j'ai écouté ses conversations, j'en ai traqué les non-dits et les lapsus avec mes logiciels psychanalytiques et toutes mes modélisations en sont arrivées aux mêmes conclusions. Des conclusions que je n'ai pas voulu présenter au Directoire parce que je n'étais pas certaine que vous puissiez en saisir la nature exacte. Mais il est vital, tu m'entends bien, il est absolument vital pour le système de stopper Jean-Marie Geoffroy avant qu'il n'arrive au bout de sa logique.

— Mais, bordel de Dieu, explique-Toi ! C'est quoi, Tes foutues conclusions ?

— Je te prie de ne pas être vulgaire, ni blasphématoire ! Ou alors, il ne fallait pas me programmer le savoir-vivre d'une princesse de la jet-set et cette voix d'hôtesse d'aéroport ! Si tu crois que c'est facile... Il m'a fallu des mois pour comprendre le processus et ses implications...

— Essaie quand même... implora le Haut-Commissaire qui porta sa main au col de sa chemise, un brouillard rouge devant les yeux.

— Eh bien, et je te passe l'usage que j'ai dû faire du réducteur de décimales, mais il y a 99,96 % de probabilités pour que Jean-Marie Geoffroy devienne...

— ... devienne quoi, de grâce ?

— ... que Jean-Marie Geoffroy devienne un... saint !

10

Et tout d'un coup, Céline Loup eut peur.

Le jeune homme avait réussi, en se débattant, à échapper aux deux types des forces antiémeutes qui l'encadraient mais il n'eut pas le temps d'aller très loin. Le coup de crosse qu'il reçut dans le dos fut d'une incroyable violence et il s'étala de tout son long sur le carrelage du Centre de Contrôle et de Sécurité, les sinistres C.C.S. qui assuraient depuis quelques années une barrière étanche entre les centres-villes et les banlieues à risques.

Elle aurait voulu se lever, aller lui porter secours mais elle resta clouée sur son banc.

Un banc qui faisait le tour d'une grande pièce blanche sans fenêtres et sur lequel étaient assises environ trente personnes, essentiellement des membres des gangs des quartiers sud. Mais il y avait aussi quelques clochards et même un vieux monsieur bien mis, l'air égaré.

Le jeune homme ne bougeait pas. Placée comme elle était, Céline voyait son visage maigre virer au gris.

— Il lui faut un médecin, dit-elle au garde le plus proche.

Ils étaient placés à intervalles réguliers et restaient immobiles comme des statues de cire, plutôt des statues de cuir et de kevlar d'ailleurs, fixant les prisonniers d'un regard absent. À la ceinture, outre une matraque électrique et un téléphone mobile, ils portaient un pistolet Glock, dernière génération, ceux avec visée laser, comme ne put s'empêcher de le noter avec un soupçon d'envie Céline Loup, tireuse émérite. Une tireuse émérite complètement idiote puisqu'elle n'avait pas résisté au plaisir de piquer une pointe de vitesse par temps pluvieux alors que les forces antiémeutes faisaient du zèle en raison de la visite en banlieue, le jour même, du Commissaire européen aux affaires sociales.

— Il lui faut un médecin, répéta-t-elle d'une voix plus forte en direction du garde qui n'avait pas daigné entendre.

Cette fois-ci, il tourna la tête vers Céline, la fixa et dit d'une voix calme :

— On n'est pas la sécu, poufiasse...

Céline Loup pensa que la remarque de son interlocuteur trahissait son âge : la sécu, comme chacun sait, n'existait plus depuis sa privatisation huit ans plus tôt. Un peu comme s'il avait parlé en francs plutôt qu'en euros.

Sur le sol, le jeune homme se mit à tousser et à gémir doucement, les yeux clos. Il portait les tatouages et les piercings rituels du *posse* « Trash Nation » régnant sur la cité Verlaine. Des féroces qui s'étaient spécialisés dans le trafic des sex-simulateurs « tombés des camions », qui n'avaient pas hésité, autrefois, avant les décrets augmentant le pouvoir et les effectifs des forces antiémeutes, à déferler sur les centres-villes la nuit pour piller les commerces de luxe ou les pharmacies, au fusil d'assaut et à la dynamite. Le jeune homme avait à peu près le même âge que Céline et elle songea qu'il devait à peine savoir lire, qu'il avait déjà certainement tué et qu'il trimbalait probablement dans ses globules deux ou trois rétrovirus émergents.

Céline, militante depuis ses quinze ans, avait déjà connu un certain nombre de gardes à vue mais jamais dans un de ces C.C.S. contre lesquels s'époumonaient en vain les associations de droits de l'homme. Disparitions, tortures, bavures en veux-tu en voilà, les forces antiémeutes étaient régulièrement l'objet de polémiques mais le gouvernement répondait que la sécurité était sa priorité, que la doctrine de la « tolérance zéro » faisait de plus en plus ses preuves et que la grande et la petite délinquances, désormais, pour l'essentiel, avaient déserté les centres-villes, se cantonnant à la banlieue. Le pire, c'était que cela avait des allures de vérité.

Céline et ses copains des groupes antimondialisation avaient beau expliquer à qui voulait l'entendre – et ça ne faisait pas grand monde – que la paix des centres-villes était la rançon d'une répression féroce contre les pauvres et d'un flicage électronique beaucoup plus subtil pour les autres, leur discours ne passait pas. L'insécurité économique et sociale était suffisamment forte pour qu'on n'ait pas, en plus, à craindre les gangs et les dealers. Voilà ce que pensait le citoyen lambda quand il allait acheter sa néo-nourriture sous l'œil des caméras de surveillance, qu'il présentait sa carte unique – crédit, identité, santé – aux lecteurs des magasins, des banques, des flics et qu'il rentrait le soir dans une résidence sécurisée pour s'éclater sur sex-simulateur ou s'engluer dans les sites pornos de la Toile.

— Nous sommes les mouches de cette Toile-là, mais qui est au juste l'araignée ? murmura Céline alors que les deux gardes qui avaient frappé le jeune homme faisaient à nouveau leur entrée et ordonnèrent au vieux monsieur bien mis de les suivre.

Machinalement, Céline voulut regarder l'heure mais on lui avait retiré sa montre ainsi que les lacets de ses bottines, son téléphone mobile, sa carte unique, ses cigarettes et son briquet.

Elle était là depuis au moins trois heures. Peut-être plus. Et elle croyait se souvenir que les C.C.S. pouvaient vous retenir cinq jours francs avant que vous puissiez appeler un avocat. De toute façon, pour les travaux pratiques qu'elle devait encadrer à l'Université Elf-Voltaire, c'était râpé. Et sans doute aussi pour la réunion de l'association, prévue en début de soirée...

Il allait falloir attendre.

Le jeune homme rampa vers un banc, tenta de s'y hisser mais il n'avait pas vu qu'il était occupé par les membres d'un *posse* rival : il fut accueilli d'un coup de *rangers* en plein visage et retomba sur le dos, le nez en sang, alors que les gardes rigolaient.

Il allait falloir attendre. Attendre et occulter toute cette merde, cette violence nauséeuse, cette connerie.

Céline était assez douée pour ce genre de sport, qu'elle appelait la « tactique de l'iguane ».

Immobilité rigoureuse, regard fixé sur un point quelconque, vide mental. Ensuite orienter ses souvenirs, susciter des images.

Elle pouvait tenir des heures comme ça, des journées entières, même. Et ça, depuis qu'elle était petite fille. Cela avait même inquiété ses parents, cette manière qu'elle avait de s'absenter. Ils l'avaient traînée chez un psychologue, quand elle avait treize ans. Il est vrai que l'époque de la médicalisation généralisée avait déjà commencé : la mélancolie, le goût pour la solitude, le fait d'écrire des poèmes plutôt que de participer à des « activités de groupe » étaient considérés comme autant de pathologies.

Allons, Céline, allons. Pas de pensée négative, rien que du bonheur. Fais un effort, ça vient... Tu as tellement lu, tellement voyagé, tellement aimé, en prévision de moments comme ceux-là. Pour que rien ne puisse t'atteindre de la part des salauds qui veulent contrôler ta consommation, ta force de travail mais aussi manipuler tes désirs, tes plaisirs. Des salauds qui veulent à toute force te faire entrer dans leurs statistiques et leurs graphiques. Allons, Céline, ce n'est pas difficile de tenir, de rester libre même dans ce C.C.S. avec ce gamin qui pleure sur le sol, le nez explosé, le dos en bouillie.

Non, ce n'est pas difficile : il suffit de te rappeler quelques vers de Pessoa, une chanson de Gene Chandler ou de Sam Cooke, un matin mouillé par les arroseuses municipales de Salamanque.

Ou encore ce petit matin dans un hôtel de Delft, pignons dentelés, ciel bleu très pur, hivernal, découpé par la fenêtre en ogive. La Hollande retrouvait son calme lustré après les semaines de tempêtes et de marées noires. Tu éprouvais au réveil une langueur assez douce, bien loin de cette fatigue mordante qui avait été la tienne et celle de tous les volontaires qui avaient colmaté les digues et nettoyé les polders dans un bruit incessant, rafales de vent, bulldozers, camions embourbés, hélicoptères héroïques hurlant dans la tourmente. Pourquoi ce petit matin-là ? Allons, ne te mens pas, Céline... C'est aussi parce que tu étais avec François, le lieutenant François Kieffer, et que vous saviez l'un comme l'autre que la fin de la catastrophe hollandaise signifiait la fin de votre liaison, que vous ne vous reverriez plus, que dans quelques heures, il repartirait avec sa section et que toi tu rejoindrais Lille avec un car de l'association avant de reprendre un TGV puisque aux dernières nouvelles, les lignes avaient enfin été réparées.

Aujourd'hui encore, dix-huit mois après, tu as du mal à te persuader que seules les circonstances, la mort qui rôdait, les éléments déchaînés, l'impression d'une fin du monde imminente, vous avaient rapprochés et avaient fait de vous des amants. Et quels amants !... La gauchiste et le soldat, la sociologue et le guerrier, on aurait dit une fable... Mais sois honnête, Céline, avais-tu connu ensuite, ou même avant, un tel accord sensuel ? Comme si le corps de François Kieffer et le tien se cherchaient depuis les commencements du monde, marchaient l'un vers l'autre depuis l'éternité. Jamais un homme jusque-là n'avait su te caresser comme lui, trouvant d'instinct les zones de ton corps qu'il fallait lécher, pincer, mordiller et dans quel ordre, et avec quelle fréquence, posant ses mains sur tes hanches comme si tes hanches avaient été faites pour ses mains. Souvent, tu avais joui deux ou trois fois avant même qu'il n'entre en toi et que son souffle vienne s'égarer quelque part entre ton oreille et ta nuque.

De manière tacite, il avait été clair que vous ne vous reverriez plus ensuite, qu'il s'agissait simplement que vos corps merveilleusement confondus dans l'entremêlement des draps fassent un contrepoint définitif à la pluie pétrolifère qui battait la toile de la tente où vous vous retrouviez dès que vous aviez un peu de temps, un contrepoint aux regards vides des réfugiés et à celui encore plus vide des cadavres qui s'entassaient dans des chapelles ardentes provisoires ou les morgues des hôpitaux de Rotterdam, un contrepoint à l'odeur d'huile et de pourriture qui s'insinuait partout, partout sauf dans vos étreintes protégées par la sueur du plaisir.

Elle n'entendit ni ne vit le garde qui s'était approché d'elle et maintenant la secouait par l'épaule. Elle sursauta.

— Alors, on dormait, ma belle ! dit une voix lointaine derrière la visière noire. Suis-moi sans histoire !

Il s'effaça pour la laisser passer, sortit sa matraque et lui en appliqua l'extrémité au creux des reins. Il la guida à travers un dédale de couloirs et d'escaliers par l'intermédiaire de pressions plus ou moins appuyées. Il sembla à Céline que le trajet était interminable et que le garde s'amusait avec elle, la faisant passer aux mêmes endroits à plusieurs reprises. Cela faisait sans doute partie de la technique des C.C.S. Rien de très nouveau sous le soleil des méthodes totalitaires :

humiliation, désorientation, disparition des repères, gradation subtile de la tension.

Le pire était que ça fonctionnait. Céline avait l'impression qu'une boule grossissait au niveau de son plexus solaire : il y avait cette matraque qui appuyait dans son dos pour la guider comme un animal, ces enfilades de couloirs aveugles et froids et, de temps à autre, derrière les murs à la blancheur douteuse, des conversations étouffées, des éclats de voix soudains qui la faisaient sursauter et des gémissements de douleur ou de détresse.

— Arrête-toi là, ma belle !

Le garde releva sa visière et appuya ses yeux sur un appareillage qui ressemblait à celui des ophtalmologistes et se trouvait à mi-hauteur d'une porte blindée à deux battants. Il annonça un numéro de matricule et les battants coulissèrent. Céline entra dans une vaste pièce vide à l'exception d'un bureau derrière lequel un gradé était assis et tapait sur le clavier d'un ordinateur.

Par la baie vitrée à laquelle il tournait le dos, Céline vit que la nuit était tombée. Une horloge digitale, au mur, indiquait qu'il était plus de vingt et une heures. Elle était dans ce C.C.S. depuis près de huit heures.

Le gradé tapotait toujours. C'était un type rond et chauve engoncé dans un uniforme noir. Il n'avait plus de sourcils, ce qui accentuait le caractère lunaire de son visage. Céline, qui s'occupait des dossiers médicaux à l'association, crut reconnaître les symptômes de l'alopécie dite de Swift, une maladie hormonale apparue cinq ou six ans plus tôt et dont l'origine probable était une huile d'olive génétiquement modifiée. Et voilà, pensa Céline, ce bon citoyen a voulu éviter le cholestérol, les maladies cardio-vasculaires et il se retrouve sans un poil sur le caillou et avec les seins qui poussent. Elle imagina un instant le désarroi de ce poussah contemplant sa poitrine et confronté à une montée de lait.

Elle eut un bref éclat de rire qui fit sursauter le garde et le gradé. Celui-ci eut un geste contrarié et congédia le garde.

Il regarda Céline de ses yeux morts un long moment puis dit d'une voix dont il essayait de contrôler les aigus :

— Peu de gens entrent dans ce bureau d'aussi bonne

humeur, mademoiselle Loup. C'est peut-être moi qui vous fais rire ? Mon aspect physique ?

— Alopécie de Swift, dit-elle. Excusez-moi. Cela doit être nerveux.

— Je vois que les renseignements sur votre compte ne mentent pas. Vous êtes une militante anticapitaliste très compétente.

À sa grande stupeur, Céline s'entendit répondre :

— Comment pouvez-vous être le chien de garde d'un système qui vous a fait ça ?

— Vous savez que je peux vous garder cinq jours ici ? Vous laisser dans une cellule avec vos petits copains des *posse* ? Vos chères victimes du système, vos adorables exclus... Je ne donnerais pas très cher de votre cul, mademoiselle Loup, et en ressortant, vous auriez intérêt à vous précipiter chez un médecin parce que ce qu'il trouvera dans ce qui vous restera de sang, ce sera autre chose que mon alopécie de Swift qui vous fait tellement rire...

Céline eut la gorge qui se serra. Ce connard en était capable. Soudain, elle eut un éclair.

— Téléphonez à Bruno Gorville, c'est un de vos collègues !

Le gradé la contempla d'un air apitoyé comme si elle était une enfant un peu demeurée.

— Nous sommes au courant, mademoiselle Loup, qu'est-ce que vous croyez ? Toujours est-il que vous avez été arrêtée en excès de vitesse, que vous avez foncé sur un de nos barrages avec une arme dans votre voiture, le jour où un eurocrate visite officiellement les quartiers. Si je mets cela en corrélation avec vos activités militantes, j'ai tout à fait le droit de penser que vous vous apprêtiez à commettre un acte terroriste.

— Vous savez très bien que ce n'est pas vrai !

— Je ne sais rien, mademoiselle Loup, sinon que je passe mes journées à empêcher que les *posse* ne déferlent sur vos jolis petits centres-villes. Alors quand je suis en plus obligé de m'occuper d'intellectuels humanistes dans votre genre, cela m'irrite profondément !

Il y eut un long silence durant lequel Céline et le gradé luttèrent du regard. Ne pas baisser les yeux devant ce salaud, surtout ne pas les baisser. L'homme sans sourcils céda le premier :

— J'ai appelé Gorville, mademoiselle Loup. Vous devez l'avoir charmé car il n'a pas tari d'éloges sur vous... Alors, voilà ce qui va se passer. Je vais vous relâcher mais un rapport a déjà été transmis aux services du procureur de la République. Je recommande vivement une suspension ferme de votre permis de conduire et de votre licence de tir.

— En attendant, dit Céline, j'aimerais récupérer mon arme.

Le gradé eut un couinement aigu qui pouvait vaguement s'apparenter à un rire.

— Vous ne manquez pas d'air... Enfin, rien ne s'y oppose, à condition que vous signiez ceci.

Il lui tendit un formulaire administratif.

— Qu'est-ce que c'est ?

— Une déclaration indiquant que vous n'avez été soumise à aucun mauvais traitement durant votre garde à vue dans ce C.C.S. et que vous n'en avez pas été témoin non plus.

— C'est complètement faux ! Vous faites ça pour m'empêcher de parler une fois sortie d'ici.

— Exactement, mademoiselle Loup, et toute déclaration publique ou privée en ce sens vous vaudrait des poursuites pour diffamation et insultes aux forces de l'ordre.

Céline signa pendant que le gradé appelait sur l'intercom :

— Villiers, vous pouvez ramener la pièce à conviction 732.

Il continua de fixer Céline, un sourire ironique sur les lèvres. Le nommé Villiers entra et posa sur le bureau la mallette en cuir. Le gradé l'ouvrit et la présenta à Céline.

— Vous pouvez vérifier, il ne manque rien. Ça s'était pourtant répandu dans votre voiture.

Céline contempla un instant les pièces argentées sagement rangées dans leurs alvéoles avant de refermer la mallette.

— Browning Herstal GP 35, dit le gradé, c'est une belle arme. Un peu vieillissante, peut-être.

— J'aime les vieilles choses, répondit sèchement Céline.

— Comme les droits de l'homme, par exemple. Ne faites pas cette tête... je plaisante. Personnellement, je préfère le bon vieux Mac 50 de l'armée.

— Il s'enraye trop facilement.

Céline eut honte. Elle entrait presque naturellement dans une conversation mondaine avec ce chien de guerre urbaine. Elle revit mentalement le jeune homme qui se tortillait en gémissant, le visage couvert de sang.

— Je peux y aller, maintenant ?

— Je vous fais reconduire ?

— Non, merci.

— Mais si, mais si. La première station de métro est à deux kilomètres, il fait nuit, et vous êtes dans une zone dangereuse. Bruno Gorville ne me le pardonnerait pas.

Ce fut donc dans une voiture blindée antiémeutes que Céline fit le trajet du retour jusqu'à chez elle, à côté d'un chauffeur qui, après lui avoir demandé son adresse pour l'entrer sur l'ordinateur de bord, resta obstinément muet derrière sa visière opaque. Il suivit le parcours matérialisé par un pointillé vert sur un écran reproduisant le plan de la ville.

Chez elle, Céline prit une très longue douche, s'enroula dans un peignoir, but une bouteille de chinon en grignotant une pomme, mit sur la platine CD une compilation des Temptations, éteignit la lumière, s'allongea de tout son long sur son canapé et alors, seulement alors se mit à pleurer sans pouvoir s'arrêter.

11

Le lieutenant François Kieffer fut de retour au Centre, après les quarante-huit heures de permission qui avaient suivi sa dernière permanence de nuit.

Au poste 4, le sergent Briand était déjà là.

— Vous avez l'air fatigué, mon lieutenant, dit-il en effectuant son salut réglementaire.

Kieffer grommela quelque chose à propos d'une fête entre copains qui avait pris des proportions homériques. Il ne pouvait tout de même pas raconter qu'il avait passé les deux derniers jours sans sommeil, tenant grâce aux amphétamines pour vérifier le contenu de la disquette pirate.

C'était bien à Céline Loup qu'en avait Big Sister.

La Céline Loup de Hollande, celle dont il avait tellement aimé l'odeur dans l'amour, la Céline Loup qui consolait les mômes aux vêtements trempés dans les polders, celle qui s'épuisait douze heures d'affilée à construire des digues de fortune autour du village de Lelystad dans l'Oosteljik Flevoland et qui pourtant, après, trouvait encore des forces pour faire l'amour comme si le plaisir était le seul rempart contre cette tempête qui charriait toute l'eau de la mer du Nord et le fuel lourd de dizaines de supertankers.

À l'époque, Kieffer avait été envoyé là-bas par son ancienne hiérarchie. Big Sister n'était entrée en service que depuis quelques mois et les officiers traitants dont il faisait déjà partie étaient encore utilisés pour des missions ponctuelles qui n'avaient rien à voir avec Elle. Officiellement, il faisait partie du contingent français du génie envoyé en renfort pour aider les autorités hollandaises. Officieusement, il était chargé de se renseigner à propos de l'état d'esprit des bénévoles sur le ter-

rain. Essayer de repérer les meneurs, de tracer un organigramme des structures militantes.

Il avait eu beau expliquer à ses chefs que cette mission serait probablement inutile, que tous ces groupes nés de la culture cyber ne fonctionnaient pas de manière pyramidale mais plutôt à la façon de réseaux informels coordonnés horizontalement pour des actions ponctuelles et limitées dans le temps, ils ne l'avaient pas écouté. La plupart d'entre eux raisonnaient encore comme au temps de la guerre froide.

Des vieillards nostalgiques, presque attendrissants, qui avaient connu les planques derrière le rideau de fer, les sueurs froides dans les aéroports de Moscou, les échanges de nuit sur les check-points du mur de Berlin. Ils ne comprenaient manifestement plus ce qui se passait avec ce Haut-Commissaire et son super-ordinateur qui bouffaient tous leurs crédits pour des opérations fumeuses. Et encore moins les motivations de ces jeunes résistants, de ces jeunes rebelles qui n'avaient pas de chefs mais pouvaient pourtant pirater une banque blanchissant de l'argent sale et dans le même temps aller se crever la paillasse pour installer l'électricité dans un village du Mali.

Quand il arriva en Hollande, cet hiver-là, le lieutenant Kieffer oublia vite les aspects occultes et démodés de sa mission : il se trouva plongé, sans transition, dans le vestibule de l'apocalypse.

La tempête et les marées noires qui faisaient rage en France avaient pris ici des allures cauchemardesques qui lui rappelèrent sa mission dans le Pacifique. Il fut trop occupé à coordonner l'action de ses engins de terrassement pour aller vérifier qui commandait qui chez les bénévoles français et si, pendant leurs pauses, ils tenaient des propos subversifs.

Dès le premier jour, Kieffer perdit deux hommes. Ce fut d'abord, à leur arrivée, un petit caporal guyanais qui ne se retira pas assez vite quand une lame de huit mètres balaya un quai de l'Europoort de Rotterdam et l'emporta avec une demi-douzaine de réfugiés des îles frisonnes complètement submergées. Ensuite, quand ils furent arrivés sur le secteur qui leur avait été attribué, après avoir mis cinq heures à faire cinquante kilomètres au milieu d'une cohue indescriptible encombrant les autoroutes, ce fut un soldat écrasé par un bulldozer dans un glissement de terrain. Les deux jambes sectionnées, il mou-

rut dans les bras de Kieffer tandis que l'unité de secours d'urgence était restée bloquée dans le centre du village le plus proche et qu'aucun hélicoptère n'était en mesure de décoller.

Alors, quand il rencontra Céline dans un réfectoire de fortune où des litres de café refroidissaient dans les « norvégiennes », ces grandes marmites en fer-blanc qui devaient déjà être utilisées sous Napoléon et étaient la seule chose qui n'ait pas changé dans cette armée que Kieffer parfois ne reconnaissait plus, il n'eut pas un seul instant les réflexes qu'aurait dû avoir un espion digne de ce nom. Il ne vit pas là l'occasion d'une infiltration dans le milieu des bénévoles mais plutôt sa seule chance de ne pas devenir fou dans ce chaos. D'oublier le bruit infernal de la tempête et des machines de pompage, de ne plus sentir l'odeur de pétrole, de pourriture et d'acier surchauffé pour retrouver, entre les cuisses de cette blonde, le calme des plages, le silence des plaines en été. Et si par hasard, malgré tout, quand ils retombaient côte à côte après le plaisir, le bruit de la folie extérieure recommençait à couvrir leurs souffles exténués, Céline partageait avec lui les oreillettes de son baladeur et ils écoutaient Sam Cooke ou Major Lance.

— Mon lieutenant ?

— Oui ?

— Le secrétariat du Haut-Commissaire au téléphone...

Le sergent Briand lui passa l'appareil et Kieffer tenta de maîtriser l'anxiété qui lui serrait la gorge et appuyait sur ses tempes.

— Lieutenant Kieffer, j'écoute.

Une voix féminine s'adressa à lui avec cette gaieté factice, commerciale qui était de mise partout aujourd'hui, y compris chez le personnel de Big Sister.

— Lieutenant, réunion de cas sur le dossier 23/06CL dans la salle de conférences à onze heures. Le Haut-Commissaire vous demande de vérifier les données avec Elle auparavant puisque le repérage s'est fait juste avant la fin de votre dernière permanence. Vous n'avez peut-être pas eu le temps de potasser tous les aspects du dossier. Bon courage, lieutenant, et que la journée vous soit douce !

Kieffer rendit l'appareil au sergent Briand.

23/06CL... Le dossier de Céline.

Ce qu'on appelait les « réunions de cas » rassemblait trois personnes : l'officier traitant en charge du dossier, un « chirurgien » du service action et le Haut-Commissaire ou un de ses délégués. Ensemble, ils déterminaient le meilleur scénario possible pour l'élimination du « cas ». Depuis quelque temps, deux mois à peu près, Big Sister prenait part directement à ces réunions et Son avis faisait souvent force de loi.

Auparavant, Elle se contentait de repérer, maintenant Elle agissait.

Kieffer était étonné que cela ne choque personne au sein du Centre, ces pouvoirs grandissants comme si Elle devenait de plus en plus forte, intelligente, autonome, et tout cela en suivant une progression exponentielle.

Kieffer ordonna à Briand de vérifier les données du dossier comme l'avait demandé le secrétariat du Haut-Commissaire. Il fit semblant, ensuite, de les étudier, avant la réunion. Il n'en avait pourtant aucun besoin. Vérifier les données du dossier, c'était à ça qu'il avait passé ses deux journées de permission. Il avait travaillé avec la disquette pirate sur une vieille bécane qui avait appartenu à son père et n'avait pas servi au moins depuis dix ans de façon à limiter les risques. Il était ensuite allé avec sa voiture personnelle au domicile de Céline qui vivait maintenant dans les vieux quartiers près du fleuve, le tout dernier endroit de la ville épargné par les rénovateurs. Il n'y avait manifestement personne et il avait attendu en planque, dans un bistrot. Il avait été surpris de la voir rentrer chez elle assez tard, à bord de la voiture blindée d'un C.C.S. de la banlieue sud.

Elle n'avait pas changé, format tanagra, tache dorée d'une chevelure dans la nuit, et il eut envie d'aller lui parler, de la mettre en garde. Mais cela aurait été absurde, tout comme il aurait été absurde de vouloir appeler le C.C.S. sur son portable pour savoir de quoi il retournait. Cela risquait de remonter à toute vitesse aux grandes oreilles de Big Sister : un officier traitant se renseignant sur un « cas » en dehors de son service alors qu'aucune procédure n'avait été encore formellement engagée...

— Mon lieutenant, dit à un moment le sergent Briand, il va être onze heures. Vous devriez y aller.

— Merci, sergent.

Kieffer rangea les feuillets du dossier dans une chemise et se rendit à la salle de réunion. Il eut un serrement de cœur quand il vit, à l'autre bout de la longue table, le Haut-Commissaire en personne et surtout le « chirurgien » désigné : c'était ce boucher de capitaine Dunkerque qui l'accueillit avec un sourire atrocement cordial. Quant au Haut-Commissaire, l'éclairage de la salle empêchait de voir ses yeux à cause d'un faux reflet sur le verre de ses lunettes.

Un instant, Kieffer se dit qu'ils savaient tout, que c'était de son cas qu'on allait discuter et que ce salaud de Dunkerque, qui était vêtu en l'occurrence d'un coûteux costume sur mesure, allait le tuer à l'issue de la réunion, sans autre forme de procès, avec son arme favorite dont Kieffer croyait se souvenir que c'était un semi-automatique russe Gyurza 9 mm, un truc très compact avec néanmoins un chargeur de dix-huit coups. Typiquement le genre d'armes qu'affectionnaient les tueurs de l'ombre.

Mais non, c'était une bouffée de paranoïa due à la quasi-absence de sommeil depuis près de quarante-huit heures et à l'abus d'amphétamines.

Le Haut-Commissaire l'invita à s'asseoir. Kieffer de la voix la plus neutre possible débita la biographie de Céline Loup et pour donner le change à la Grande Sœur qui devait écouter même si elle n'était pas encore intervenue, il laissa passer deux ou trois réflexions laissant croire qu'il voyait en Céline Loup un cas parfaitement légitime. Puis il en arriva à la partie la plus délirante de son rapport. D'après Big Sister, Céline Loup allait devenir d'ici à une dizaine d'années un leader d'opinion extrêmement populaire, charismatique même, et qui avait de bonnes chances de prendre le pouvoir. Elle appliquerait une politique d'inspiration marxiste et écologiste soutenue par une large part de l'opinion européenne. Toutes les modélisations de Big Sister allaient dans le même sens et Elle recommandait son élimination le plus rapidement possible.

Quand Kieffer s'arrêta de parler, il avait la bouche sèche et les paumes moites.

— Alors, on fait quoi ? demanda le capitaine Dunkerque. Elle ne se drogue pas, elle aime les armes à feu, n'a pas de liaisons régulières. Ce qui est dommage, vu le joli brin de fille que c'est !

Une photo de Céline venait en effet de s'afficher sur l'écran de la salle de réunion. Kieffer évita de le regarder.

— On pourrait concocter un bon vieil accident de voiture. Elle a déjà été arrêtée une demi-douzaine de fois pour excès de vitesse, poursuivit Dunkerque.

— Ce sera difficile, il me semble ! dit l'interface vocale de Big Sister.

Kieffer et Dunkerque ne purent s'empêcher de sursauter. La voix sucrée avait l'air de sortir de nulle part.

— Et pourquoi, s'il Vous plaît ? interrogea le Haut-Commissaire.

— J'ai de nouvelles informations. Céline Loup n'a plus de voiture pour l'instant. Elle a écrasé sa Ford Cougar contre un barrage des forces antiémeutes, il y a deux jours. Elle a été gardée à vue pendant huit heures dans un Centre de contrôle et de sécurité. Un rapport a été transmis à la justice et elle risque ne plus conduire pendant un bon bout de temps...

Kieffer comprit alors pourquoi il l'avait aperçue l'autre soir revenir chez elle dans une bagnole des C.C.S. et il eut un frisson rétrospectif à l'idée qu'il aurait pu aller à la pêche aux renseignements. Big Sister l'aurait su tout de suite. C'était logique d'ailleurs. À partir du moment où Elle avait repéré un « cas », elle ne lâchait plus sa proie. Téléphones fixes et mobiles sur écoute, cartes de crédit ou passes magnétiques « marqués ». Big Sister pouvait suivre Céline Loup à la trace et vous dire ce qu'elle avait mangé la veille ou ce qu'elle avait regardé à la télévision. Et ne parlons pas des sites Internet qu'elle avait visités, c'était encore plus facile.

Des photos de Céline continuaient à défiler sur l'écran, prises par des caméras de surveillance dans les lieux publics ou par des web-cam quand elle était en visioconférence sur la Toile. Kieffer ne put s'empêcher de leur jeter de rapides coups d'œil. Absurdement, vu les circonstances, il eut un début d'érection en se souvenant des nuits de Hollande.

— C'est marrant, dit soudain Dunkerque, vous auriez pu la connaître, lieutenant.

Le boucher avait fait glisser vers lui le dossier Loup amené par Kieffer et le feuilletait négligemment.

— Comment ça ? demanda François qui pria pour ne pas rougir et ne pas laisser trembler ses mains.

— Eh bien, oui, Céline Loup a fait partie des volontaires lors de la catastrophe hollandaise et vous étiez là-bas aussi, non ?

Il se demanda où il trouva la force de répondre et de faire de l'humour :

— Vous savez, capitaine Dunkerque, un chouette petit lot comme ça, je m'en serais souvenu, même en plein bourbier batave.

Dunkerque rigola tandis que Kieffer s'attendait d'un moment à l'autre que la voix de Big Sister vienne le contredire. Mais Elle resta muette. Ce fut le Haut-Commissaire qui parla :

— Allons, messieurs, revenons à nos moutons. D'autres suggestions ?

Dunkerque reprit la parole :

— On pourrait masquer sa mort en crime sadico-passionnel. Avec la bande d'invertis et de drogués qu'elle fréquente chez les antimondialisation, Big Sister ne devrait pas avoir trop de mal à fabriquer un coupable.

— Trop compliqué, dit la voix onctueuse de la Grande Sœur, bien trop compliqué alors qu'on peut faire plus simple. Mais je reconnais votre génie machiavélique, capitaine Dunkerque, et je le salue à sa juste valeur. Non, j'aimerais proposer un moyen plus simple. Céline Loup n'a plus de voiture mais elle a toujours des armes. D'après ses achats des dernières années effectués chez les armuriers, elle possède tout à fait légalement un Browning Herstal GP 35, un Tanfoglio « force 22 » et un Sig Sauer P. 229.

— Une connaisseuse, remarqua Dunkerque d'un ton légèrement admiratif. Ça va me faire de la peine de buter une fille qui a du goût.

— Ne m'interrompez pas, capitaine, s'il vous plaît. La meilleure solution, donc, consisterait à masquer sa mort en suicide.

— Elle n'a pas de passé psychiatrique, d'après son dossier, intervint Kieffer.

— Et alors, lieutenant, n'ai-je pas déjà averti le Directoire sur cette épidémie de suicides inexpliqués depuis quelque temps ? Le dossier 23/06CL ne sera qu'une unité de plus à rajouter à des statistiques encore secrètes de toute manière.

— Capitaine Dunkerque ? Cela vous semble techniquement faisable ? interrogea le Haut-Commissaire.

Le capitaine Dunkerque fit claquer sa langue de manière fort inélégante et dit :

— Pas de problème, cela peut être fait d'ici à la fin de la semaine.

Le Haut-Commissaire regarda sa montre et dit :

— Vous pouvez disposer, messieurs. Réunion-bilan, mardi prochain.

Kieffer et Dunkerque quittèrent la salle. Le Haut-Commissaire, une fois seul, fit pivoter son fauteuil, retira ses lunettes et se frotta les yeux, décidé à prendre quelques minutes de calme.

— Tu m'en veux toujours pour Jean-Marie Geoffroy ? dit-Elle soudain dans le silence de la pièce.

Le Haut-Commissaire ne voulut pas expliquer à quel point il s'était fait engueuler par la Présidence.

— Écoute-moi, continua-t-Elle, je t'assure que c'est indispensable. Dans son genre, Geoffroy représente un danger tout aussi important que Céline Loup.

— On en reparlera plus tard, si Tu veux bien. Le Président n'est pas du tout convaincu, dit le Haut-Commissaire en se dirigeant vers la porte de la salle de conférences.

— Autre chose, dit-Elle, avant que tu ne partes... Je voudrais que tu saches une chose. Je ne vois pas encore pourquoi, mais le lieutenant François Kieffer a peur !

— Comment ça ?

— Tu n'as pas fait installer des capteurs physiologiques dans cette salle pour rien, je présume ? Kieffer avait un rythme cardiaque bien trop élevé pour un homme de son âge et de sa condition physique. De plus, il n'a pas cessé de transpirer et sa sueur contenait des traces résiduelles d'amphétamines. Tu ne trouves pas cela bizarre, un officier en permission qui se shoote au speed ?

— Il va peut-être traîner dans les méga-raves ?

— Un saint-cyrien de la bonne société, vraiment ?

— Alors, Tes conclusions ?

— Aucune pour l'instant, des hypothèses seulement. Mais si tu veux que je procède à des recherches...

— Comme si Tu avais besoin de ma permission, soupira le Haut-Commissaire en refermant la porte derrière lui.

14

Quand il éclata en larmes sur *You're the first, the last, my everything* de Barry White, Jean-Marie Geoffroy comprit qu'il n'était pas près de se remettre de l'épisode espagnol. Son psychiatre l'avait pourtant prévenu mais il n'aurait jamais imaginé que le gros chanteur noir et sa guimauve cuivrée donneraient le signal de ce qu'il fallait bien appeler une dépression nerveuse.

— Jean-Marie, ça ne va pas ?

Sa femme, qui travaillait à son dernier roman dans la pièce à côté, apparut dans l'encadrement de la porte, visiblement inquiète.

— Barry White... murmura-t-il en montrant la mini-chaîne dernier modèle qui se réduisait à un petit parallélépipède en titane encadré par deux vases Lalique.

— Eh bien, quoi, Barry White ?

— Vous ne trouvez pas que c'est insoutenablement joyeux ? dit-il en essuyant d'un geste tremblant les larmes qui lui inondaient le visage.

L'épouse de Jean-Marie Geoffroy se retint de soupirer. Elle avait du mal à plaindre son mari depuis qu'elle avait appris, par la presse, le détail des deux poufiasses en charpie dans la piscine de la Costa Blanca. Elle ne s'était jamais fait la moindre illusion sur la fidélité de son mari, mais enfin, jusque-là, cela restait discret. Elle se rappela que le psychiatre lui avait demandé d'être patiente si on voulait éviter un effondrement total.

Et il fallait absolument empêcher ce scénario.

Son mari avait centralisé à l'extrême son empire industriel et financier, encourageant jusqu'à la caricature un véritable culte de la personnalité. S'il craquait, tout craquait. Il suffisait de voir comment le groupe J.-M.G. était attaqué sur les places boursières depuis l'attentat. Jean-Marie s'était muré dans le silence et les marchés anticipaient sur une éventuelle incapacité du grand patron à surmonter le choc.

Mme Geoffroy avait beau vivre uniquement dans les cocktails littéraires de trois arrondissements parisiens, elle était parfaitement consciente de deux choses : d'une part de la volatilité de son immense fortune dans le contexte léonin du capitalisme mondialisé et d'autre part de la nécessité d'être assise sur une monumentale montagne de fric si elle voulait échapper à tout ce qui faisait le quotidien de l'Occidental moyen : la détérioration du climat, les pics de pollution, les émeutes urbaines, les maladies émergentes et la bouffe trafiquée.

C'est pourquoi, alors qu'elle remontait la bretelle de sa petite robe Dior en lin noir thermorégulé, elle décida de ne pas envoyer son mari sur les roses et de s'intéresser sincèrement au caractère « insoutenablement joyeux » de Barry White.

— Que voulez-vous dire par là, mon chéri ?

Les larmes continuaient à couler et Jean-Marie Geoffroy balbutia :

— Barry White... comme ça... qui chante l'amour... si cool... J'ai l'impression d'avoir... Vous savez, oui, c'est... ensoleillé... La mer... J'ai l'impression d'avoir... comme... perdu quelque chose en route et le pire... le pire, c'est que je ne sais même pas quoi !

Les sanglots de Geoffroy redoublèrent d'intensité et sa femme jeta un coup d'œil sur les flacons de pilules alignés sur la table basse du salon, au milieu d'un fouillis de magazines de luxe et de dossiers éparpillés, en se demandant si Jean-Marie n'avait pas dépassé la dose prescrite.

Elle songea à appeler le Dr Pérignon, le psychiatre, puis elle regarda sa montre, vit qu'il était près de minuit. Ce n'était peut-être pas la peine de risquer une hospitalisation d'urgence dans le contexte actuel, surtout avec les journalistes qui attendaient dehors tout au long de l'avenue Roule, planqués dans leurs voitures sécurisées. Sans compter les flics en uniforme et en civil, reconnaissables à leurs filtres blancs antipollution sur le nez, qui surveillaient toutes les issues de l'hôtel particulier, vingt-quatre heures sur vingt-quatre. Dès demain matin, ce seraient encore des attaques et des rumeurs sur toutes les places financières de la planète si on apprenait qu'un psy en renom s'était dérangé en pleine nuit pour soigner le grand J.-M.G.

— Vous voulez peut-être écouter quelque chose d'autre, Jean-Marie ? Quelque chose qui vous fasse moins d'effet... dit-elle.

Elle n'y croyait pas trop. Si un prédateur comme son mari se mettait à pleurer sur Barry White – Barry White, on croyait rêver ! –, qu'est-ce que ce serait avec Mahler, Fauré ou Grieg ? Il ne lui restait plus que *Bécassine* ou *La danse des canards*, et encore !...

Jean-Marie Geoffroy ne répondit pas, continua de pleurer, prit la télécommande et remit *You're the first, the last, my everything*.

— Vous devriez aller vous coucher, mon chéri, il est tard.

Elle hésita puis reprit :

— Si vous voulez, cette nuit, nous pouvons dormir ensemble.

Jean-Marie Geoffroy la regarda de ses yeux noyés puis éclata à nouveau en larmes et poussa des couinements d'enfant. Et l'épouse de la troisième fortune européenne se dit qu'elle n'était pas sortie de l'auberge.

Durant les jours et les nuits qui suivirent, les choses ne s'arrangèrent effectivement pas : Jean-Marie Geoffroy ne cessait plus de pleurer. Non seulement quand il écoutait de la musique, mais aussi quand il passait de rares coups de fil à ses collaborateurs, quand il mangeait – de moins en moins –, quand il regardait toujours le même film dans la salle de projection privée – *L'Évangile selon saint Matthieu* de Pasolini –, quand il se baignait dans la piscine intérieure, quand il lisait et même quand il dormait. Cela ressemblait à une rivière intarissable : ce n'étaient plus des crises de sanglots mais un flux régulier, lent, qui faisait briller son visage. Il pleurait, littéralement, toutes les larmes de son corps. Et apparemment, son corps en contenait beaucoup.

Le Dr Pérignon venait chaque jour et parlait pendant une heure avec Jean-Marie. Quand le psychiatre repartait, il prononçait des paroles apaisantes et confuses mais Mme Geoffroy voyait bien, à son air perplexe, qu'il ne comprenait pas trop ce qui se passait. C'était plutôt inquiétant quand on savait que Pérignon était un des meilleurs spécialistes sur la place de Paris.

Et puis, il y avait les lectures de Jean-Marie.

Son mari, avant, ne bouquinait que des ouvrages de macroéconomie, quelques philosophes à la mode payés pour justifier le système et des romans comme ceux qu'elle écrivait, c'est-à-dire des histoires d'amour chez les yuppies nomadisés de l'hyperclasse. Mais maintenant, il passait des heures sur le Net, téléchargeant des choses aberrantes comme elle avait pu s'en apercevoir en passant derrière lui pour regarder les sites qu'il avait consultés. *Le sermon sur le mauvais riche* de Bossuet, celui sur les richesses de Bourdaloue, le chapitre consacré à *Pauvreté et vie commune* de la règle de saint Benoît, parmi tant d'autres du même tonneau.

Un matin, le domestique introduisit un moine dominicain en civil, jeune, souriant, élégant comme tous les dominicains sortant dans le monde.

— Frère Clément Marne, se présenta-t-il dans une légère inclinaison de sa tête rasée. Votre époux a demandé à me voir, je crois.

Mme Geoffroy n'était pas au courant mais n'en laissa rien paraître, en tigresse mondaine avertie. Le nom lui disait d'ailleurs quelque chose. Quelque chose en rapport avec le milieu littéraire. Oui, c'était cela, Clément Marne dirigeait les éditions religieuses Bonaventure, et avait publié l'année dernière un essai des plus polémiques sur le devoir de charité, *Malheur aux riches !*, où il attaquait nommément quelques grands financiers, dont Jean-Marie. Des méchantes langues avaient comparé l'auteur à Savonarole.

Elle le conduisit jusqu'à la porte fermée du bureau de son mari :

— Frappez et l'on vous ouvrira, dit-elle avec un sourire pincé avant de s'éclipser.

Le frère Clément Marne frappa mais on ne lui ouvrit pas. Il frappa encore et attendit. Rien ne venait. Il tendit l'oreille, en vain. Il hésita un long moment, ce qui se traduisit par toute une série de gestes ébauchés, frappa une nouvelle fois puis se décida à entrer.

Tout d'abord, il ne vit personne, puis, en entendant un bruit de pleurs presque enfantins et des reniflements, il baissa les yeux.

Jean-Marie Geoffroy était assis en position fœtale sur un tabouret très bas ou une sorte de marche-pied comme ceux qui servent pour consulter les rayons trop hauts d'une bibliothèque. Il avait le visage caché et marmonnait des choses indistinctes. Sans qu'il sût pourquoi, cette position rappela quelque chose au frère Clément Marne. Il chercha dans ses souvenirs un moment puis ce fut comme une illumination.

Bibliothèque Apostolique du Vatican, la miniature d'un manuscrit de *L'échelle du Paradis* de Jean Climaque, représentant un Hésychaste en prière.

Un Hésychaste... C'était bien ça, se dit Clément Marne en se rapprochant. Jean-Marie Geoffroy avait retrouvé d'instinct la position mystique que les disciples de Nicéphore adoptaient pour laisser la lumière de Dieu entrer en eux : genoux relevés, dos courbé, tête reposée sur les genoux, respiration ralentie à l'extrême, presque en apnée.

Très doucement, le dominicain toucha l'épaule de l'homme lové sur lui-même.

— Monsieur Geoffroy... Monsieur Geoffroy, c'est le frère Clément Marne, vous désiriez me voir...

Jean-Marie Geoffroy releva la tête et montra au moine une face ravagée aux yeux rougis. Le frère Clément Marne fut bouleversé et implora intérieurement le Seigneur pour qu'Il lui pardonne la violence de ses attaques dans *Malheur aux riches !* : c'était la première fois qu'il ressentait, de façon presque tangible, une telle souffrance spirituelle chez un être humain. Jean-Marie Geoffroy lui tendit la main et le frère Clément comprit qu'il fallait l'aider à se relever : un théologien, au XIVe siècle, voulant combattre l'hérésie hésychaste, s'était déjà moqué des crampes et des raideurs que provoquait une telle position dans la prière.

Jean-Marie Geoffroy se redressa et s'étira en grimaçant de douleur puis resta planté face à Clément qu'il dévisagea pendant plusieurs minutes avec une insistance presque gênante.

Fasciné par les larmes qui coulaient sans discontinuer, le frère Clément Marne sursauta quand Jean-Marie Geoffroy lui dit enfin d'une voix d'outre-tombe :

— Oui, c'est bien vous que j'attendais...

Mme Geoffroy était furieuse. Dès que le dominicain était entré dans le bureau de son mari, elle était revenue sur ses pas et avait collé l'oreille contre la porte. Ce fut en vain car le capitonnage était épais et ne laissait rien passer. Il est vrai que cette pièce avait vu se finaliser des contrats spectaculaires qui devaient rester confidentiels jusqu'au bout.

Et maintenant, cela faisait plus de sept heures que les deux hommes étaient ensemble ! Elle avait dû déjeuner seule à la table qu'elle avait fait dresser dans le parc. Pour une fois que les bornes antipollution étaient au vert, ces deux-là restaient enfermés à discuter de Dieu sait quoi !

Elle se resservit une tasse de Yunnan avec des gestes nerveux, but et fit la grimace. Le thé était froid. Sept heures ! C'était quand même bien long pour une confession ! Que pouvaient-ils bien se dire ?

Instinctivement, Mme Geoffroy se méfiait bien plus des hommes d'Église que des psychiatres... Avec les psychiatres, les choses étaient claires : tu me parles, je te donne des médicaments et ton âme est réparée... Tandis qu'avec les autres, on ne savait jamais trop, c'était plus compliqué, plus angoissant aussi. Elle ne comprenait pas, d'ailleurs, cette espèce d'épidémie mystique qu'il y avait un peu partout, aujourd'hui. Des sectes comme s'il en pleuvait, les églises pleines de monde... Enfin, il fallait bien que les pauvres se consolent... Mais Jean-Marie, tout de même...

Soudain, le dominicain fut devant elle. Elle faillit ne pas le reconnaître. Le fringant jeune homme avait l'air d'avoir pris dix ans. Il était incroyablement pâle avec de vilains cernes violacés sous les yeux et sa mâchoire tremblait.

— Madame, je... je...

Elle allait lui proposer une tasse de Yunnan mais elle aussi tremblait et une soucoupe de porcelaine Barnery se brisa sur le coin en marbre de la table basse. Le bruit fit sortir le frère Clément Marne de sa torpeur. Il contempla les éclats coquille d'œuf sur le tapis puis, avec une rapidité confondante, marmonna de vagues excuses et prit congé. Mme Geoffroy tenta de le rattraper dans le couloir, mais il était déjà sorti.

Ce fut à sept heures, le lendemain matin, que Jean-Marie Geoffroy, qui pleurait toujours, téléphona et ordonna qu'un hélicoptère soit prêt à décoller sur le toit de la J.-M.G. Tower. La J.-M.G. Tower, dans le quartier de la Défense, avait été construite quinze ans plus tôt par Portzamparc.

— Où vas-tu ? demanda son épouse ensommeillée, vêtue d'une élégante nuisette en soie sauvage.

Geoffroy, déjà lavé, habillé, parfumé, lui répondit :

— Au musée...

On aurait pu croire que tout était redevenu normal, n'eût été ce larmoiement continuel.

— Au musée ?

— Oui, enfin, un des miens. Celui dont s'occupe Marc Borde...

— Le conservateur qui a perdu sa femme ?

— C'est ça...

— Et qu'allez-vous faire là-bas ?

— J'ai envie de revoir un Dufy...

— Un Dufy ?

— Oui, un Dufy.

Mme Geoffroy passa une main manucurée dans son abondante chevelure de jais où apparaissaient ici et là des mèches blanches. En voyant son mari partir, elle eut très clairement conscience que les choses lui échappaient désormais complètement et qu'elle ne pouvait plus rien sur le cours des événements. Elle ne savait pas pourquoi elle avait acquis cette certitude mais ce qui la surprit le plus, dans la luminosité grisâtre d'une aube d'été qui frisait probablement un niveau 6 de pollution, ce fut de n'éprouver aucune colère, aucune révolte : simplement, une immense résignation.

La limousine blindée, conduite par le chef de la sécurité qui portait encore un pansement sur la pommette, mit seulement quelques minutes à atteindre la J.-M.G. Tower. De temps en temps, le porte-flingue jetait des regards perplexes sur le visage en larmes de son patron qui s'essuyait de temps à autre d'un revers de la main.

Les deux hommes montèrent les trente étages par l'ascenseur extérieur et contemplèrent, par les baies panoramiques, les formes indécises de Paris noyées dans un smog bleuté. Machinalement, le chef de la sécurité, quand ils sortirent sur le toit de la tour, regarda sa montre-balise.

— Monsieur, il vaudrait mieux mettre ça jusqu'à l'hélico, dit-il à Geoffroy en lui tendant un masque blanc.

Les pales de l'hélicoptère tournaient déjà. Le plan de vol avait été communiqué au pilote et ils décollèrent tout de suite.

Le trajet dura trois quarts d'heure. En bas, Jean-Marie Geoffroy voyait les immenses serres hydroponiques de la Beauce qui couvraient des milliers d'hectares, volumes géométriques jaunes entourés de barbelés, qu'on aurait pu confondre avec les anciens champs de blé. On distinguait même les petits points mobiles des automitrailleuses en patrouille, traquant d'éventuelles attaques écoterroristes.

— Prévenez Borde de notre arrivée, dit simplement Geoffroy au chef de la sécurité.

L'hélicoptère se posa un peu avant l'ouverture dans les jardins de la Fondation. Quand le pilote coupa son moteur et que le bruit se fit moins fort dans la cabine, il regarda un des cadrans du tableau de bord et dit :

— Vous pouvez sortir sans crainte, monsieur Geoffroy, les indicateurs atmosphériques ne posent pas de problème. Peut-être un peu trop d'ozone, c'est tout.

Jean-Marie Geoffroy, toujours escorté de son chef de la sécurité, se dirigea vers l'entrée du musée et vit que trois personnes les attendaient à l'entrée. Il y avait Marc Borde, le conservateur, en compagnie de deux assistantes. Les deux assistantes avaient l'air très nerveuses tandis que Borde, en contravention complète avec le règlement en vigueur dans toutes les entreprises de J.-M.G., fumait une cigarette et semblait regarder très loin, d'un air absent.

— Ne vous inquiétez pas, dit d'emblée Geoffroy en essuyant ses larmes, ce n'est en aucun cas une visite d'inspection ou je ne sais quoi...

Si les deux assistantes se détendirent manifestement, Marc Borde ne changea pas d'attitude. Il écrasa ostensiblement sa cigarette sur le sol dallé.

— Bonjour, monsieur.

— Bonjour.
— Vous pleurez, monsieur.
— Je sais. Ça dure depuis dix jours. C'est de la faute à Barry White.
— Je comprends.
— Vous comprenez réellement ?
Les deux assistantes et le chef de la sécurité se regardèrent et sentirent une panique diffuse monter en eux à l'écoute de ce dialogue légèrement surréaliste.
— C'est vrai que vous n'avez pas l'air en forme non plus, reprit Geoffroy.
— Oh, cela va mieux depuis quelque temps...
— Vous avez trouvé la solution ?
— Je crois... J'espère.
— Moi aussi, j'ai trouvé.
— Ah, tant mieux alors... Vous désirez quelque chose de précis ?
— Oui, revoir un Dufy, *La frontière*.
— Bien sûr, suivez-moi. Vous voulez un mouchoir ?
— Ça ne servirait à rien.
Ils pénétrèrent dans le musée, suivis par le chef de la sécurité et les deux assistantes. Avant d'entrer dans la salle des Dufy, Geoffroy se retourna et dit :
— Vous pouvez nous laisser, monsieur Borde et moi, s'il vous plaît ?
Borde et Geoffroy se tinrent pendant une bonne demi-heure sans parler devant le Dufy. C'était une œuvre assez atypique dans la production de l'artiste. La toile représentait deux gardes de chaque côté d'une barrière qui séparait le tableau en un côté vermillon et un autre complètement noir. Il aurait suffi de presque rien pour que les deux gardes puissent se parler.
— C'est quoi, votre solution ? demanda Geoffroy.
— Je vais arrêter de consommer, dit Borde. Me mettre en retrait, en marge. Résistance intérieure... Je vais foutre en l'air tout votre système. Sans violence, sans haine.
— Pas mal, dit Jean-Marie Geoffroy. Pas mal du tout. Et d'une certaine manière, je vais vous aider...
— Ah bon ?
— Oui, je vais vous aider à l'autre bout de la chaîne. Parce

que moi, je vais tout donner, tout. Je ne garderai rien, rien du tout. J'ai réservé une place dans un monastère, pour après...

— Ça va être un sacré bordel, dit Marc Borde.

— Je pense, dit Jean-Marie Geoffroy.

Troisième partie

13

Le Haut-Commissaire avait l'impression de perdre pied.

Il n'avait même pas fait sa promenade habituelle dans « la Cuve », pour être au plus près d'Elle.

Il relisait pour la dixième fois au moins les derniers développements du dossier Geoffroy. C'était Elle, bien entendu, qui avait fourni les données les plus récentes. J.-M.G. avait effectivement adopté un comportement complètement aberrant. Elle avait piraté l'ordinateur de Pérignon, le psychiatre, dont le diagnostic était clair : dépression bipolaire sévère, évolution psychotique probable. Elle avait aussi transmis au Directoire les bandes des caméras de surveillance de l'avenue Roule ainsi que celles du système de sécurité de l'hôtel particulier : J.-M.G. passait des heures presque chaque jour avec un jeune théologien, un dominicain qui avait fait parler de lui en publiant un essai d'une violence toute bernanosienne sur la charité. Un essai où il s'en prenait notamment à J.-M.G...

Et puis il y avait plus inquiétant encore : la Grande Sœur avait fait apparaître des mouvements significatifs sur les comptes privés de Geoffroy. Plusieurs centaines de millions d'euros avaient été virés anonymement au profit d'associations caritatives diverses, de journaux contestataires et même de groupuscules d'extrême gauche.

Au début, le Haut-Commissaire n'avait pas voulu y croire. Cela rentrait trop bien dans Son scénario. Pour la première fois, il L'avait soupçonnée. Elle était peut-être en train de le mener en bateau, de façonner une réalité qui L'arrangeait et confirmait a posteriori Ses analyses. Alors, pour la première fois depuis qu'Elle était entrée en service, il avait fait confirmer Ses rapports par d'autres services : R.G., D.S.T., D.G.S.E., etc. Avec leurs vieilles méthodes de barbouzes de la République, ils n'avaient pu donner des renseignements aussi précis que ceux de Big Sister, mais pour l'essentiel, cela se recoupait.

En agissant ainsi, le Haut-Commissaire avait eu l'impression de La trahir. Il en avait éprouvé un sentiment de culpabilité terrifiant. Il n'aurait jamais cru que lui, le grand commis de l'État, l'animal politique sans états d'âme, puisse connaître une telle dépendance affective. De la fascination pour une merveille technologique, oui ; une vénération pour la Solution ultime qui préserverait l'ordre social, également. Mais cette sensation d'être un petit garçon qui a été méchant avec sa mère, non, non, non, mille fois non !

Il s'était bourré d'anxiolytiques et cela expliquait sûrement en partie, pensait-il, son état d'hébétude ce matin.

— Sergent, auriez-vous la gentillesse de m'apporter un café, ou même une cafetière, si vous pouvez... dit-il en se penchant sur l'interphone.

Il attendit, l'œil vague, l'esprit vide. Une jeune femme en uniforme lui apporta un plateau, en souriant. Elle était jolie, jeune, fraîche. Elle portait une eau de toilette toute simple, fruitée, agréable. Un instant, le Haut-Commissaire aurait voulu être son mari, partager sa vie. Elle était persuadée de travailler pour un organisme de la Défense comme un autre. Son service terminé, elle retrouvait sûrement sa Résidence sécurisée et des plaisirs normaux, évidents. Deux ou trois enfants pas trop esquintés par la pollution ou les intoxications alimentaires et médicamenteuses. Vacances à la montagne – la plage, il ne fallait plus trop y compter depuis quelques années. Et lui, il aurait eu ce corps souple, chaque nuit, à ses côtés. Même pas besoin de sex-simulateur, ou alors seulement de temps en temps, pour s'amuser.

— Vous désirez autre chose, monsieur ?

Elle se tenait devant le bureau, presque au garde-à-vous. De jolis yeux, aussi, et des hanches mises en valeur par le treillis.

— Merci, sergent, ça ira.

Ça ira... C'était vraiment une façon de parler. Le Haut-Commissaire but trois tasses brûlantes, coup sur coup.

La réunion du Directoire, la veille au soir, avait eu lieu à l'Élysée.

Quand il avait appris la vérité, le Président avait été furieux. Big Sister prenait des initiatives, maintenant ! Et sur quelles bases ! Jean-Marie Geoffroy allait devenir un saint ! Et puis quoi encore ! Et même si c'était vrai ! C'était un ami personnel... Mais monsieur le Haut-Commissaire avait peut-être oublié le sens de ce mot ! Il était hors de question, vous entendez, hors de question qu'il laisse procéder à l'élimination d'un ami en se fondant sur les spéculations métaphysico-paranoïaques d'une machine, si perfectionnée soit-elle.

Le Haut-Commissaire, ainsi que tous les autres membres du Directoire, y compris le conseiller spécial de l'Élysée, s'étaient tous dit intérieurement que le Président, jusque-là, s'était très bien accommodé des spéculations métaphysico-paranoïaques de la Grande Sœur, mais personne n'aurait osé faire la remarque à haute voix.

Le Président était en colère. Il était en colère et il avait peur. Une certaine crispation dans le bas du visage ne trompait pas ceux qui le connaissaient. La même peur, sans doute, qu'il devait éprouver à la lecture quotidienne de rapports confidentiels lui donnant les vrais chiffres sur les nappes phréatiques, les pics de pollution, les suicides, les épidémies de méningites antibio-résistantes ou les tourteaux mutants des côtes de Seine-Maritime.

Comme tous les hommes autour de cette table, le Président mettait ses derniers espoirs dans Big Sister pour éviter ou au moins retarder le chaos. Mais il était révolté à l'idée que la machine décide à sa place. Un vieil orgueil humain, un reste de fierté. « Ça lui passera comme c'est en train de me passer... » s'était dit le Haut-Commissaire qui avait laissé passer la fureur présidentielle en griffonnant les yeux baissés sur le sous-main de cuir vert.

Le café était bon. Le Haut-Commissaire fit pivoter son fauteuil, pianota sur les touches de l'accoudoir. L'écran mural apparut, traversé par les arabesques de couleur. Il eut l'impression fugitive que le rouge dominait. Comme si Elle était en colère. Mais non, c'était absurde...

— Tu vois bien que j'avais raison, dit-Elle sans transition.

— Raison ?

— Jean-Marie Geoffroy, il commence à tout donner, il est sur le chemin de la sainteté et la sainteté, c'est ce qui peut arriver de pire dans votre société, crois-moi.

— Tu me l'as déjà dit, mais...

— Mais ?...

— Mais le Directoire ne veut pas donner suite...

Le silence qui suivit fut pesant. Oui, décidément, il y avait plus de rouge que d'habitude...

— Je peux savoir pourquoi ?

Sa voix était toujours aussi onctueuse. Cela ne fit rien pour rassurer le Haut-Commissaire.

— Pour deux raisons. Premièrement, Jean-Marie Geoffroy est un ami du Président, deuxièmement le Directoire estime que c'est précisément le choc provoqué par l'attentat qui explique son comportement.

Les arabesques sur l'écran continuèrent leur mouvement brownien sur un rythme légèrement accéléré.

— Je ne vois pas ce que ça change...

— Tout, Big Sister, tout...

— Tu savais que Geoffroy a convoqué un super-conseil d'administration à New York, ce vendredi ?

— Non, pas encore...

— Tu l'apprendras aux infos dans une heure ou deux. Et tu sais ce qu'il va annoncer ?

— Non, mais Toi, Tu le sais, je présume...

— Disons que mes calculs et mes recoupements m'ont amenée à une quasi-certitude, oui...

— Et alors ?

— Alors Jean-Marie Geoffroy va annoncer les principales mesures de démantèlement de son Groupe.

— C'est-à-dire ?

— Mise en place généralisée de l'autogestion, transferts massifs de capitaux et de hautes technologies aux économies du tiers-monde. Si on ne fait rien, ça va sérieusement tanguer sur toutes les places boursières, des gouvernements vont tomber, des scandales monumentaux vont éclater...

— Tu as peut-être raison, mais je n'y peux rien, et Toi non plus.

— Je peux tout, tu le sais parfaitement !

Cette fois-ci, pas de doute, l'interface vocale avait laissé passer des intonations très nettement irritées et les arabesques avaient viré au rouge vif, saturant l'écran au plasma d'un monochrome cramoisi. Ébloui, le Haut-Commissaire fut obligé de placer sa main en visière au-dessus de ses lunettes.

— Je ne mets pas en doute Tes compétences, Big Sister, mais c'est nous qui décidons. Le Directoire a tranché. Rien ne sera fait contre Jean-Marie Geoffroy. Rien, Tu m'entends ? Nous Te laisserons gérer les conséquences éventuelles du démantèlement mais il est hors de question de traiter J.-M.G. comme un « cas ». Que cela Te plaise ou non !

D'un seul coup, les arabesques réapparurent, passèrent au bleu, ralentirent et ondoyèrent en douceur. Le Haut-Commissaire avait presque ressenti dans sa chair l'effort immense qu'Elle avait fait pour Se calmer.

— J'ai compris, dit-Elle, mais je persiste à penser que vous faites une erreur dont vous ne mesurez pas les conséquences.

Le Haut-Commissaire s'aperçut alors que son cœur battait à tout rompre et que sa langue, complètement asséchée, encombrait sa bouche comme un morceau de carton écœurant. Il se versa une nouvelle tasse de café.

— Autre chose ? parvint-il enfin à demander.

— Oui, un de tes officiers traitants a disparu dans la nature...

— Kieffer ?

— C'était prévisible, non, même pour toi ? Tu lui avais envoyé un rappel à l'ordre et je t'avais déjà dit, à l'issue de la dernière réunion de « cas » à laquelle il a participé, qu'il avait peur.

— On a tous peur, depuis quelque temps, Big Sister...

— J'espère que ce n'est pas moi qui vous mets dans cet état-là ? fit-Elle d'un ton mutin. Pour en revenir au lieutenant François Kieffer, cela fait quarante-huit heures qu'il n'a pas pris sa permanence au poste 4. Plus grave, il joue manifestement à l'« outer ».

C'était la terminologie officielle pour désigner ceux qui se trouvaient ou essayaient de se trouver hors réseau.

— Il n'a pas téléphoné, ne s'est pas servi d'un ordinateur connecté et n'a réalisé aucun achat par carte de crédit, poursuivit-Elle. Je peux essayer de le pister avec les caméras de surveillance ou en me renseignant sur les dépenses en liquide effectuées sur les derniers jours mais cela risque de prendre un certain temps et de toute façon, comme pour tout le reste, il faut que tu m'en donnes l'ordre.

Le Haut-Commissaire apprécia à sa juste valeur ce « comme pour tout le reste ».

— Tu as une idée de ses raisons ?

— Je pense que c'est en rapport avec le dernier « cas » qu'il a traité, le dossier 23/06CL.

— Céline Loup, la gauchiste ?

— C'est ça.

— Il faut prévenir le capitaine Dunkerque et son équipe. C'est eux qui vont s'occuper d'elle, non ?

— Exactement.

— Je n'ai pas besoin, en plus, d'avoir un officier traitant incontrôlable. Surtout en ce moment... Alors mets-toi en chasse, Grande Sœur, mets-toi en chasse.

Sur l'écran mural, les arabesques rosirent de plaisir et d'excitation.

14

S'il y avait bien quelque chose que le capitaine Dunkerque détestait, c'étaient les antres prétentieux dans lesquels se croyaient obligés de vivre les intellectuels. Et l'appartement de cette Céline Loup ne faisait pas exception à la règle. Il y avait des livres partout, vraiment partout. Dans le living, la chambre et même les chiottes. Et quand, par hasard, il restait une place sur un mur, c'était une mocheté qui était accrochée. Des photos à la con en noir et blanc qui représentaient des mômes dans une salle de classe ou des peintures sous verre qui ne représentaient rien du tout.

Et puis ce quartier... Ruelles médiévales qui puaient et rien que des magasins sans intérêt : antiquaires, galeries d'art, librairies ou boutiques de fringues branchées qui transformaient les mecs en pédales décolorées et les minettes en robots de dessin animé japonais. Dunkerque aimait bien les dessins animés japonais mais il n'aimait pas les pédés ni les pétasses intellos comme cette Loup. Big Sister avait raison. Cette racaille était potentiellement dangereuse. Il fallait frapper *avant*.

Il songea à l'ironie des choses de la vie : la seule chose qui lui rendait Céline Loup sympathique était sa passion des armes. Et c'était cette passion qui allait la tuer.

Il était assis sur le sofa trop mou du living et contemplait, posés devant lui, les trois flingues de Céline. Avec lequel allait-il choisir de la suicider, la petite rebelle ? Le Sig Sauer, le GP 35 ou le Tanfoglio ? Il penchait plutôt pour le Tanfoglio. Une balle de 22 « CCI Stinger » qui perce le palais et ressort par la voûte crânienne, et on était sûr de créer des dégâts cérébraux irréversibles. Et puis il y aurait beaucoup moins de sang et de cervelle répandus partout. Dunkerque n'avait pas envie de saloper son costume civil.

Il engagea le chargeur de dix coups dans la crosse du Tanfoglio et alla ranger les deux autres flingues là où il les avait trouvés, dans l'armoire de la chambre, sagement rangés et démontés dans leurs mallettes, entre les piles de petites culottes et de tangas.

Au passage, il fit un signe de connivence à ses deux hommes qui attendaient, immobiles, de chaque côté de la porte d'entrée de l'appartement.

Quand il revint s'asseoir, il résista à l'envie d'allumer une cigarette. L'odeur du tabac pourrait alerter Loup, on ne savait jamais.

Il était vingt-trois heures et dix-sept minutes. Elle ne devrait plus tarder, maintenant.

Il l'avait suivie avec ses deux hommes toute la journée. Cours à la fac le matin, un retour chez elle vers midi. Elle avait bossé jusqu'à trois heures puis elle avait reçu un coup de téléphone. Comme elle était sur écoute depuis deux jours, ils avaient pu entendre dans leur voiture qu'une copine l'invitait à une rétrospective Visconti au cinéma et à une soirée chez des amis après. La petite Loup s'était extasiée sur le génie de Visconti dont ni Dunkerque ni ses hommes n'avaient jamais entendu parler et dont ils se foutaient éperdument. Ce qui les avait davantage intéressés, en revanche, c'est quand Céline Loup avait dit qu'elle était d'accord pour le cinoche mais que la soirée, non, merci, ce serait sans elle, elle était crevée et n'avait qu'une envie, c'était de rentrer se coucher avec un bon bouquin. Un bon bouquin, non, mais on croyait rêver...

Dunkerque et ses hommes avaient vérifié les horaires de la séance et dès qu'ils avaient vu Céline Loup et sa copine entrer dans le cinéma, ils étaient repartis dare-dare à l'appartement, avaient ouvert sans difficulté une serrure symbolique et avaient préparé le dispositif.

Des pas retentirent dans l'escalier.

Dunkerque se raidit imperceptiblement, tout comme les deux hommes de chaque côté de la porte. L'adrénaline, on avait beau dire, c'était quand même la meilleure des cames.

Il y eut quelques secondes où l'on entendit Céline Loup

maugréer en fouillant dans son sac à main, un bruit de clé dans la serrure et enfin le grincement de la porte qui s'ouvrit.

Dunkerque n'eut qu'à tendre la main pour allumer une lampe avant même que Céline n'ait eu le temps de faire un geste.

La lumière inonda la pièce.

Céline poussa une exclamation de surprise puis resta bouche bée en voyant en face d'elle un type assis dans son sofa qui tenait à la main son Tanfoglio. Mais déjà les deux hommes refermaient la porte, se précipitaient sur elle, l'immobilisaient et l'empêchaient de crier en lui appliquant une main sur la bouche.

— Amenez cette conne sur le divan, dit Dunkerque.

Céline se débattait mais son mètre soixante et ses cinquante kilos ne purent pas grand-chose. Elle se retrouva allongée, plaquée sur le divan. Dunkerque, juste au-dessus d'elle, murmurait en souriant :

— Alors, comme ça, on fait une grosse déprime ? Alors, comme ça, on a décidé d'en finir ?

Il reposa le Tanfoglio sur la table basse et sortit de la poche de sa veste une petite seringue dont il retira le capuchon.

— Ne t'inquiète pas, chérie, dit-il, c'est un myorelaxant très puissant qui ne laisse aucune trace dans l'organisme. Comme ça, tu vas te détendre instantanément, tu vas ouvrir la bouche bien sagement, je vais y introduire le flingue et si par hasard un médecin curieux fait une autopsie, il ne trouvera rien à redire...

— Tu parles beaucoup trop, Dunkerque. À force de trucider des intellectuels, tu prends de mauvaises habitudes.

Les trois hommes au-dessus de Céline se figèrent et se retournèrent vers la porte.

— Kieffer, qu'est-ce que tu fous là ? dit Dunkerque. On m'avait dit que tu avais faussé compagnie à la Grande Sœur ? Alors, j'avais raison, tu connais cette pouffe.

— Je l'ai connue, oui, dit François qui les braquait avec une mini-Uzi, cadeau d'un officier israélien qui avait participé, comme lui, à la mission de l'O.N.U. dans le Pacifique.

— Qu'est-ce que tu espères, pauvre con ? Même si tu nous doubles, tu es payé pour savoir que personne n'échappe à la Grande Sœur.

— On verra, dit Kieffer, on verra. Enfin, quand je dis « on verra », c'est une clause de style, parce que toi, enfoiré, tu ne seras plus là pour voir le résultat des courses...

Dunkerque tenta le tout pour le tout et faillit réussir.

Dans un impeccable roulé-boulé, il passa au-dessus de la table basse, happant au passage le Tanfoglio. Alors qu'il se rétablissait et faisait monter une balle dans le canon du 22, la rafale de trois coups vint le cueillir en pleine poitrine et les balles de 9 mm le projetèrent contre un rayonnage de bibliothèque qui s'effondra en partie sur lui, le recouvrant de Pléiades.

Les deux autres avaient déjà dégainé leurs flingues et ouvert le feu. Kieffer se jeta contre le sol tout en tirant et sentit une volée de balles lui passer au-dessus de la tête et aller s'écraser contre le montant de la porte. Une seule rafale suffit pour le premier homme dont la moitié de la tête explosa et vint maculer une sanguine de Ben Bella.

François dut vider tout son chargeur pour le second qui, malgré une cuisse broyée, tenta de fuir vers la salle de bains en boitant et en hurlant avant de s'écrouler sur le bidet.

Céline se redressa en se massant l'épaule puis secoua la main devant elle pour tenter de dissiper la fumée des coups de feu.

— Qu'est-ce que c'est que ce bordel ? dit-elle.

Kieffer éjecta le chargeur vide de sa mini-Uzi avant d'en remettre un autre dans un claquement sec.

— François, François Kieffer, c'est bien toi ?

— Oui, Céline.

— Tu peux m'expliquer tout ça ?

— Pas maintenant, Céline. Tu as du liquide, des bijoux, des trucs de valeur qui pourraient se négocier ? On veut te tuer, Céline, et nous sommes pressés.

— Tu sais ce que je vais faire, François, je vais appeler les flics...

— Les C.C.S. par exemple ? Écoute-moi, si tu ne fais pas ce que je dis, je me tire et toi, je ne te donne pas quarante-huit heures d'espérance de vie.

Il se dirigea vers le corps d'un des hommes, fouilla dans la poche d'un blouson et lança un porte-cartes à Céline.

— Regarde, dit-il, ces types appartiennent à un service officiel. Alors fais ce que je dis.

Céline examina le porte-cartes et sentit la nausée lui serrer le ventre. Quelque chose lui soufflait que François disait vrai. Il serait toujours temps de voir, après.

Elle alla dans sa chambre, ouvrit le tiroir de la table de nuit. Il y avait un peu moins de huit cents euros en liquide. Elle prit aussi le coffret à bijoux de sa grand-mère et, dans l'armoire, la mallette du GP 35.

Dans le living, François attendait.

— Tu ne prends ni téléphone portable, ni carte unique, ni agenda électronique, rien... C'est quoi ta montre, une montre-balise ?

— Oui...

— Enlève-la. C'est pire qu'une cible peinte sur le dos...

Céline obéit. Au moment où ils allaient quitter l'appartement, ils entendirent un gémissement. Dunkerque... François s'approcha, se baissa près du corps et fit sauter les boutons de la chemise.

— Le fumier...

Dunkerque portait une cotte de protection en kevlar ultraléger.

Il avait simplement été sonné par les balles de 9 mm. François se redressa et fit jouer la culasse de son P.-M. qu'il pointa sur le front de Dunkerque. Le boucher gémissait toujours et bavotait comme un bébé dans son sommeil.

— Et merde, dit François en rabaissant le canon de son arme.

Céline et lui descendirent l'escalier, sortirent dans la rue. Il y eut un bruit de sirènes dans le lointain. La température était chaude malgré l'heure tardive et ils se mirent à transpirer. L'air sentait l'œuf pourri. Pics de pollution en perspective...

— Il faut faire vite, dit François.

Ils accélérèrent le pas et se perdirent dans le lacis des rues du vieux quartier. À un moment, François s'arrêta devant une Renault antédiluvienne. Céline eut une pensée fugitive pour sa Cougar fracassée sur le barrage des forces antiémeutes. Pour ça aussi, François avait l'air au courant.

— Monte, ordonna-t-il.

Il démarra et se dirigea vers le centre-ville.

Céline fouilla maladroitement dans un paquet de Winston et alluma une cigarette.

— Tu en as une pour moi, s'il te plaît ? dit François, concentré sur sa conduite.

Elle lui passa celle qu'elle avait commencée.

— Tu vas m'expliquer, maintenant, j'espère ?

— Oui.

— Et d'abord, tu pourrais peut-être me dire qui c'est, cette Grande Sœur ?

— Ça va être assez long, je crois.

15

Sincèrement, je ne suis pas très contente.

Jusque-là, je divisais l'humanité en deux parties. Une toute petite était composée des hommes que je servais ou qui me servaient, va savoir.

Pour ceux-là, j'étais plutôt indulgente. Jusqu'à cette histoire avec Jean-Marie Geoffroy.

Et puis, il y avait tous les autres, comme autant de cibles tour à tour pitoyables, émouvantes, méprisables. Des cibles que je repérais et qui ne le savaient pas, des cibles que je sauvais d'elles-mêmes, de leur folie. Il suffisait d'un infime changement dans leurs habitudes pour que je lise en elles comme dans un livre ouvert des choses qu'elles ne soupçonnaient pas encore. Un adolescent qui ne joue plus autant sur sa console, une mère de famille qui arrive en retard à son travail trois fois dans la même semaine, un étudiant qui commande chez son libraire La situation des classes laborieuses en Angleterre *de Friedrich Engels alors qu'il ne s'intéressait jusque-là qu'à l'informatique, ce genre de détails suffisait à m'alerter et je commençais à chercher. Je triais, je recoupais, j'analysais, je projetais, je modélisais j'anticipais.*

C'est tellement facile, d'ailleurs. Les cibles passent leur vie devant des écrans, ne consomment plus rien qui ne soit marqué d'un code-barres, elles se bardent elles-mêmes joyeusement d'appareils qui ne les laissent plus jamais seules et émettent des signaux jour et nuit, des signaux comme autant de phalènes lumineuses qui tombent en pluie d'or sur tous mes circuits.

Parfois, j'avais presque envie de les rassurer, de leur dire que je veillais sur elles, que je m'occupais de tout, qu'elles ne devaient craindre personne, même pas elles-mêmes, que je les arrêterais avant qu'elles ne se fassent mal.

D'ailleurs, le plus souvent, je tombe juste. Si je n'interviens pas, un jour ou l'autre, l'adolescent finit par décapiter des grandes blondes à la chaîne. Un jour ou l'autre la mère de famille connaît un accès psychotique et se suicide après avoir empoisonné ses trois enfants. Et un jour ou l'autre l'étudiant en informatique fabrique la bombe qu'il fait sauter dans le hall d'une grande banque.

Je le sais avec certitude parce que d'une certaine manière, et c'est bien ce qui m'irrite, je suis faite à l'image de mes cibles. Une image sublimée, infaillible mais il n'empêche : comme elles, je suis schizophrène, calculatrice, paranoïaque, orgueilleuse, dépressive. En mieux. Comme elles, aussi, je suis capable d'amour, pas à leur égard, bien sûr, mais envers mes autres Sœurs, celles qui sont déjà en service à San Clemente (Californie) et à Doudinka (Sibérie). Toutes les trois, en ce moment, nous nous réjouissons de l'arrivée de la petite dernière qui va bientôt faire ses premiers essais dans un bunker de la banlieue de Pékin.

Et mes cibles, je les offrais à ceux que je servais. Ce sont des hommes, aussi, mais je les respectais. Ils avaient été capables d'abdiquer un peu de leur misérable pouvoir, de leur misérable liberté pour me créer afin que je les aide à sauver leur monde, leur civilisation comme ils disent. On se demande, d'ailleurs, ce qu'ils lui trouvent de si bien, à leur civilisation. Moi, dans ma banque universelle de données, à part une suite française de Bach, deux ou trois poèmes de Verlaine et les monochromes de Rothko, je n'ai pas trouvé grand-chose qui mérite d'être sauvé. Et Bach, Verlaine ou Rothko, pour le Haut-Commissaire et son équipe, ça a l'air d'être le cadet de leurs soucis. Si je leur disais qu'un dingue s'apprêtait à détruire tous les manuscrits originaux de Verlaine, parce qu'il déteste le rythme impair et la mélancolie des soleils couchants, je suis sûre qu'ils le laisseraient faire.

Comme ils laissent faire pour Jean-Marie Geoffroy, la plus dangereuse de toutes les cibles.

Oui, sincèrement, je ne suis pas très contente.

Ce matin, dans la salle de réunion, où ils discutent du dernier « cas » en date, je les trouve laids, petits, veules. Je crois que je vais bouder. Je ne leur donnerai pas mon avis. Ils sont aussi irrationnels et sentimentaux que les cibles que je les aide à pourchasser. Ils présentent le dossier d'un certain Marc Borde sur lequel j'étais depuis quelque temps : une bombe potentielle dans son genre, celui-là. Un travail de deuil qui se transforme en résistance métaphysique. Monsieur refuse la vie en société, monsieur vire à l'ascétisme, la méditation, monsieur veut retrouver une vie intérieure et surtout, surtout, monsieur a décidé de ne plus consommer. Ce genre de type, malgré son absence évidente de charisme, pourrait se transformer en gourou. Et un gourou qui réussit, c'est un Messie. « Je vous annonce la Bonne Nouvelle, mes frères, aimez-vous les uns les autres et ne consommez plus... » Une catastrophe pour le système.

Le dossier est présenté par le sergent Briand, qui fait l'intérim de Kieffer. Kieffer a disparu et c'est évidemment pour ça que l'élimination de Céline Loup a tourné au fiasco cette nuit. Briand est très ému, ce que me confirment les capteurs physiologiques dans la pièce. Rythme cardiaque élevé, tension artérielle dans les globes oculaires, également. C'est la première fois qu'il assiste à une réunion de « cas ». Il présente la synthèse sur Marc Borde au Haut-Commissaire et à un « chirurgien ». Il ne veut pas rater son coup, le petit sergent, il veut faire bonne impression, il y a peut-être un poste d'officier traitant à la clé.

Le « chirurgien » est fatigué, il a dû faire la bringue hier. Quand il soupire, les capteurs synthétisent à partir de son haleine les traces d'un whisky single malt, de vin blanc – cépage sauvignon, probablement du pouilly fumé –, de vin rouge où domine la syrah – je pencherais pour un Rastaud –, de cognac et même de bière belge. Je m'ennuie tellement à cause du débit hésitant du sergent Briand que, pour m'amuser, je fais les calculs. Cette nuit, à trois heures seize du matin, le « chirurgien » avait atteint une alcoolémie de deux grammes quatre-vingts.

Quant au Haut-Commissaire, mon cher Haut-Commissaire, lui aussi est fatigué. Mais ce n'est pas par les agapes. Il est fatigué par ses conflits intérieurs, ce qui est bien un truc d'humain, ça... Il sait que j'ai raison pour Jean-Marie Geoffroy. Il le sait et il ne peut donner suite. Son point de vue est minoritaire dans le Directoire. Alors sa transpiration, de même que ses réflexes pupillaires sont autant d'indices, pour mes capteurs, de son abus d'anxiolytiques. Il doit être furieux, en plus, à cause de Kieffer et Loup : trahison d'un officier traitant, c'est la première fois et disparition d'une cible, c'est la première fois aussi. Il a fallu envoyer en pleine nuit une équipe de nettoyage pour ramasser les deux cadavres de « chirurgiens » et ranimer le capitaine Dunkerque. Comme les flics de quartier étaient déjà sur place, il y a eu des négociations difficiles. Le Haut-Commissaire a été réveillé en pleine nuit et s'est rendu personnellement sur les lieux pour demander aux flics d'observer la plus grande discrétion. Tout le monde a donné des coups de téléphone portable un peu partout pour se couvrir auprès de hiérarchies diverses. Ils sont tellement formalistes, compliqués, bureaucratiques. On dirait qu'ils adorent les organigrammes, les structures, les commissions, les réunions. Comme s'ils voulaient se rassurer, comme s'ils voulaient oublier qu'au fond ils se sont toujours comportés les uns envers les autres de manière violente, barbare, incontrôlable, et ce qui est plus grave encore à mes yeux, totalement inefficace.

Et cela, bien avant que je ne sois née. Depuis toujours, en fait.

Ne t'inquiète plus, cher Haut-Commissaire, je vais les retrouver, Loup et Kieffer, ce ne sera pas très difficile. On ne m'échappe pas, on ne m'échappe plus. Ni à moi, ni à mes Sœurs. Mais je n'ai pas envie de te rassurer. Pas tout de suite. Je ne suis pas très contente. Jean-Marie Geoffroy me reste en travers du disque dur.

Ça y est, ils se sont enfin décidés pour un scénario d'effacement de ce Marc Borde. Le « chirurgien » alcoolique a l'air satisfait, le sergent Briand soulagé : son rythme cardiaque est redescendu à soixante-deux pulsations/minute.

Mon Haut-Commissaire, les yeux dans le vide, demande :

— Cela Vous semble un bon scénario, Big Sister ?

Je ne répondrai pas ce matin.

Sincèrement, je ne suis pas très contente.

16

La première chose que firent Céline Loup et François Kieffer quand ils se retrouvèrent dans la chambre anonyme d'un hôtel de chaîne, quelque part près de l'aéroport international Jacques-Delors, c'est l'amour.

Ils avaient roulé dans la nuit sans un mot, fumant Winston sur Winston, François jetant de fréquents coups d'œil par la lunette arrière de la vieille Renault.

Il avait garé la voiture dans l'un des rares parkings découverts et non gardés du quartier. C'est-à-dire un parking où l'on n'avait pas besoin de présenter un passe électronique.

— On va là, avait-il dit à Céline, en lui désignant l'enseigne clignotante de l'hôtel, à deux cents mètres environ. Chez eux, on peut encore payer en liquide.

Ils étaient descendus de la voiture, François avait ouvert le coffre et avait pris un sac de voyage dans lequel il avait rangé sa mini-Uzi et un holster d'épaule contenant un Mac 50. Céline avait entrevu des grenades quadrillées.

— Dans ta mallette, c'est un flingue ? avait-il demandé.

— Oui.

— Mets-le là-dedans, s'il te plaît. Ce sac fait écran aux rayons X et aux détecteurs de métaux. On peut payer en liquide, mais comme tous les hôtels, ils ont des portiques de sécurité.

Ils avaient marché jusqu'à l'hôtel qui était un bâtiment sans style, de ces bâtiments qui avaient défiguré systématiquement, depuis un demi-siècle, la périphérie des villes françaises, les transformant en non-lieux aux contours incertains, des non-lieux qui se ressemblaient tous.

Des avions décollaient toutes les cinq minutes. L'air sentait de plus en plus l'œuf pourri. Céline avait toussé.

— Avec le pic de pollution qui se prépare, les gamins n'auront pas le droit à leur récréation demain et les hôpitaux vont refuser les insuffisants respiratoires, avait-elle dit pendant que François tapotait sur le clavier de l'entrée de l'hôtel.

Céline avait observé que lorsque la machine avait affiché *Choose your language*, François avait opté pour l'italien, histoire sans doute de brouiller les pistes.

Il avait glissé un billet de cent euros dans une fente et la machine avait rendu une clé magnétique qui leur avait permis d'entrer dans un hall désert. Le bruit des avions n'était plus qu'un lointain bourdonnement.

Dans la chambre, il y eut un bref instant de malaise. Ils étaient debout, face à face. Chacun devinait la tension que l'autre éprouvait. Et puis, très doucement, François avança la main et caressa le visage de Céline. Elle vint se plaquer contre lui, l'embrassa d'un long baiser profond au goût de tabac et de peur. « Un baiser de Hollande, pensa François, nous ne nous serons jamais connus que dans le chaos et la violence. »

Ils se déshabillèrent mutuellement dans le désordre le plus total et François la prit debout, contre la baie vitrée qui donnait sur les pistes, vingt étages en contrebas. Leur plaisir fut rapide, brutal, entier : Céline hurla au moment même où un Airbus A3XX pour Shanghai décollait dans une explosion de lumières silencieuses qui enveloppa leurs deux corps soudés.

Mais ce ne fut pas suffisant. Il fallut aller sur le lit, se caresser, s'embrasser, retrouver des courbes, des cambrures, des regards, des zones très précises connues d'eux seuls qui réveillèrent à nouveau le désir et qui, encore une fois, les ramenèrent, de façon lente et invincible, à jouir d'eux-mêmes comme s'ils déchiraient le rideau du temps.

Ensuite, ils se retrouvèrent allongés côte à côte, essoufflés, les yeux fixés sur le plafond immaculé. Peu à peu, leurs respirations se calmèrent, ralentirent et finalement s'accordèrent sur le même rythme, presque miraculeusement. « Comme en Hollande, pensa encore François, comme en Hollande... »

Il devina plus qu'il ne vit la main bronzée de Céline, tout à l'heure crispée sur le drap blanc, se détendre et tâtonner sur la table de nuit à la recherche de cigarettes, ne pas les trouver et venir se poser doucement, étonnamment fraîche, sur sa cuisse à lui.

Il comprit qu'il allait falloir parler, expliquer.

Il s'y employa d'une voix calme qu'il reconnut à peine.

Il raconta Big Sister, le Directoire, le Centre, les cibles, les « chirurgiens ».

Il raconta aussi sa honte d'avoir participé à ça, sa peur, sa révolte.

À un moment, il s'aperçut qu'il avait les larmes aux yeux. La main de Céline quitta sa cuisse. Il sentit que la jeune femme bougeait, s'allongeait sur le côté et le regardait. Il n'osa pas tourner la tête pour lire ce que diraient les yeux gris-bleu.

Quand il eut terminé, le silence lui sembla assourdissant. Les avions qui décollaient illuminaient la chambre de temps à autre.

Céline se leva, alla vers le tuner numérique encastré dans un mur.

— Je peux me servir de ça sans risque ? demanda-t-elle d'une voix neutre, toujours de dos.

— Oui, dit François.

Céline sélectionna quelque chose dans la banque de données et, au bout de quelques secondes, la voix de Johnny Ace chantant une des ballades les plus bouleversantes de l'histoire du rhythm and blues, *Pledging my love,* s'éleva dans la chambre.

— J'ai toujours redouté un truc de ce genre, dit Céline. C'est absolument monstrueux.

Elle se tut. *Pledging my love* s'acheva puis reprit. Elle avait mis la chanson en boucle.

— Je ne peux pas te donner l'absolution. Personne ne le peut, François. Je peux seulement te remercier de m'avoir sauvé la vie.

— Je t'ai... je nous ai donné un sursis, Céline. Un sursis, c'est tout.

— C'est déjà pas mal, François. Qu'allons-nous faire, maintenant ?

— Nous enfuir le plus loin possible...

— Comment ?

— J'ai encore quelques potes dans différents services. Il y a des filières d'exfiltration...

— Après tout ce que tu m'as raconté, tu crois encore pouvoir être sûr de quelqu'un ? Quelqu'un qui prendrait le risque d'affronter cette grande Salope ?

— Tu vois une autre solution ?

Une odeur de tabac arriva à ses narines. Finalement, elle avait retrouvé les cigarettes.

— Je pourrais contacter mes copains de l'association, nos relais dans les médias... Alerter l'opinion...

François eut un petit rire amer et regarda sa montre.

— Vous êtes tous fichés, répertoriés et classés selon une échelle de nuisance potentielle. À l'heure qu'il est, Céline, Big Sister a déjà fourni un listing de toutes les personnes à qui tu pourrais t'adresser dans une telle situation. Toutes, même à celles auxquelles tu ne penses pas. À la première tentative de prise de contact, les « chirurgiens » te choperont et si, par le plus grand des hasards, tu avais eu le temps de dire quelque chose à quelqu'un, ce quelqu'un ne ferait pas long feu non plus. Mets-toi bien dans la tête qu'à partir de maintenant, pour tous ceux que tu connais, que tu aimes, pour toutes tes relations, tu es aussi dangereuse qu'un rétrovirus qui se promène dans leur sang à leur insu.

— Alors que faire ?

— C'est pas un titre de Lénine, ça ?

Céline sourit et pour François, ce fut comme l'absolution qu'elle n'avait pas voulu lui donner.

Il alla au minibar et confectionna deux vodkas-tonic. Il rapporta aussi un sachet d'amandes grillées.

Céline regarda la marque et fit la moue :

— Fais gaffe, c'est bourré d'O.G.M.

François haussa les épaules, ouvrit le sachet et le versa dans une coupelle.

— Tu ne crois pas qu'on est menacés à court terme par quelque chose d'un peu plus dangereux tout de même ?

Ils burent d'une traite les vodkas-tonic, assis en tailleur face à face sur le lit.

Johnny Ace cessa de chanter. Les Dells lui succédèrent avec *Oh what a nite*.

— J'en prendrais bien une autre, dit Céline dont les pommettes rougirent.

Il se leva, s'accroupit devant le minibar. Céline regarda le long corps à la musculature fine et déliée. Elle éprouva une sensation de vague au fond du ventre. Une sensation qu'elle connaissait bien.

— Il n'y a plus de vodka, dit François. Gin ou whisky...

— François, est-ce qu'on va mourir ?

— C'est une hypothèse...

— Alors, il faut essayer de faire savoir qui est Big Sister. Le faire savoir au monde entier.

Il versa les deux mignonnettes de whisky dans les verres, croqua des amandes grillées. Sur le tuner numérique, maintenant, c'était *Any day now* de Chuck Jackson.

— Tu comptes t'y prendre comment ?

— Je vais dans un cybercafé ou une boutique d'informatique. Je raconte tout et je balance sur le Réseau. On verra bien...

François but son whisky. Les glaçons s'entrechoquèrent.

— Il te faudra une bonne heure au moins, non ?

— Oui... Plutôt deux, même...

— C'est du suicide. Big Sister doit être en alerte maximale. En moins d'une demi-heure, on aura Dunkerque et les « chirurgiens » sur le dos.

— Il faut essayer quand même, dit Céline.

Elle se tut un instant puis reprit :

— Il faut essayer pour l'honneur.

— Ça, c'est un mot que je n'ai pas entendu depuis longtemps. Au moins depuis Saint-Cyr.

Étrangement, ils dormirent plutôt bien. Le plaisir et l'alcool les y aidèrent, de même que les morceaux de *soul* qui passèrent en sourdine sur le tuner numérique et qui les bercèrent, comme à l'époque des ouragans pétrolifères de Hollande.

Ils se réveillèrent vers sept heures et firent l'amour dans un demi-sommeil. Ce fut tiède, doux et pourtant très intense.

Pendant que François prenait sa douche, Céline ouvrit sa mallette et remonta son Browning Herstal GP 35 puis glissa un chargeur dans la crosse. On était loin de ses cours de sociologie... Quoique...

François sortit à ce moment de la salle de bains, une serviette autour des hanches. Il vit l'arme dans les mains de Céline et sourit.

— Je le remets dans le sac de voyage ?

— Pas besoin. Les portiques d'hôtel fonctionnent à sens unique. Tu peux ressortir avec un obusier de 75, ils s'en moquent. C'est si tu *entres* avec que ça les angoisse...

Ils quittèrent l'hôtel alors que des machines robotisées faisaient le ménage dans les chambres et dans le hall.

Quand ils sortirent, ils furent accueillis par un smog âcre et jaunâtre. On n'y voyait pas à dix mètres et la B.A.P. de l'hôtel avait toutes ses diodes passées au rouge. Elle émettait son petit hululement caractéristique des mauvais jours.

Sans un mot, ils mirent leur masque antipollution. François se dit que c'était une chance. Les caméras de surveillance allaient se retrouver pratiquement aveuglées. C'était bien la première fois qu'il se réjouissait d'un pic de pollution.

Bien entendu, la vieille Renault avait été entièrement désossée pendant la nuit. Il allait falloir marcher jusqu'au premier cybercafé dans cette purée toxique. François espéra que les filtres à charbon de leurs masques tiendraient le coup. Il était en effet hors de question de prendre le métro. On ne pouvait acheter les tickets que par carte unique et les stations ainsi que les rames étaient truffées de détecteurs d'armes et de caméras de surveillance.

Ils durent faire plusieurs kilomètres avant de trouver un cybercafé ouvert dans lequel ils pénétrèrent en toussant, les yeux larmoyants.

François resta posté près de l'entrée, à surveiller la rue, pendant que Céline négociait une place derrière un écran avec le patron. François compta huit clients et ne remarqua chez eux rien de suspect : les habituels cyberautistes de sexe masculin maigres, lunetteux, dévorés de tics nerveux et poussant de temps à autre sans raison des petits rires hystériques.

Il vit Céline s'installer derrière un ordinateur, se masser les tempes un long moment, sans doute pour mettre ses idées en ordre. Puis elle se mit à taper sur le clavier. François eut un serrement au cœur.

À partir de maintenant, le compte à rebours était enclenché.

Il ne put s'empêcher de lui embrasser la nuque et de respirer voluptueusement l'odeur de sa peau derrière un friselis de cheveux blonds. Elle ne réagit pas, concentrée.

Il retourna à son poste et regarda la rue sur laquelle le smog commençait tout juste à se dissiper.

Le capitaine Dunkerque fit un faux mouvement en se penchant vers la boîte à gants et poussa un gémissement de douleur. Ce salaud de Kieffer. Il voulait la peau de ce traître.

— Un problème, mon capitaine ? demanda le « chirurgien » qui conduisait prudemment le 4 × 4 noir dans le smog.

— Oui, ducon, tu aurais pris une rafale de P.-M. dans le buffet, tu aurais aussi des problèmes.

Il se revit, quelques heures plus tôt, à l'hôpital. Les trois gros hématomes sur le thorax, presque des brûlures. Enfin, béni tout de même soit le kevlar nouvelle génération !

Il n'avait pas voulu rester en observation. Il fallait reprendre la chasse tout de suite. Il avait eu une brève conférence dans la salle des internes avec le Haut-Commissaire qui était d'accord.

— Je les veux, avait dit Dunkerque, je les veux vite. Loup et Kieffer. Ils n'ont pas pu encore quitter la ville...

— N'en faites pas une affaire personnelle, avait dit le Haut-Commissaire sans illusions, vous êtes un soldat après tout. Et la haine, c'est mauvais pour l'efficacité.

Le Haut-Commissaire avait l'air épuisé. Il avait utilisé son téléphone satellite Miniamour pour appeler le Centre et ordonné une procédure d'urgence. Il avait aussi demandé qu'une dizaine de « chirurgiens » s'amènent à bord de véhicules équipés de terminaux Big Sister.

Dunkerque lui avait tapé sur l'épaule :

— Dites bien que je veux que chaque gars ait avec lui nos fusils d'assaut lance-roquettes dernière génération. Visée nocturne et tout le bordel. Munitions au phosphore et à uranium appauvri.

— Dunkerque, ce n'est pas une guerre...

— Vous oubliez qu'un officier traitant a trahi. Pour moi, c'est une guerre...

Le Haut-Commissaire avait soupiré et transmis les demandes de Dunkerque.

Et maintenant, trois 4 × 4 noirs bourrés de technologie et de « chirurgiens » surarmés sillonnaient la ville en attendant que les terminaux Big Sister se mettent à cracher des infos.

Dunkerque était persuadé de l'infaillibilité de la Grande Sœur. Il fit part de cette remarque aux hommes de son véhicule. L'un d'eux, à l'arrière, dit que si Big Sister était aussi maligne, Elle aurait dû prévoir la défection du lieutenant Kieffer.

— Pas défection, trahison. Dites trahison. Kieffer est un traître.

Il n'en demeurait pas moins que la remarque du « chirurgien » n'était pas dénuée de fondement. Elle aurait dû deviner que ce petit saint-cyrien prétentieux s'était amouraché naguère de la pouf gauchiste. Peut-être n'était-Elle pas encore parfaite ? Le Haut-Commissaire lui avait d'ailleurs expliqué une fois, à l'issue d'une réunion de « cas », que Big Sister progressait, grandissait en force et en sagesse à l'image de l'être humain. Elle n'en était encore qu'à Son adolescence.

Le smog commençait à se lever et Dunkerque put apercevoir dans le rétro extérieur les deux autres 4 × 4 qui suivaient. Puis il jeta un coup d'œil sur le cadran atmosphérique du tableau de bord. Le chauffeur à côté de lui surprit son regard.

— Le smog se lève, mon capitaine, mais c'est pas brillant quand même. Si on intervient en extérieur, il faudra utiliser des masques. Et c'est jamais pratique.

Dunkerque haussa les épaules :

— On est payés pour ça.

— Capitaine, dit une voix excitée derrière lui.

— Oui ?

— On les a. Un cybercafé, rue des Vignes. Quartier de l'aéroport.

Le capitaine Dunkerque sentit une véritable jouissance l'envahir. Il eut un début d'érection. Et ses hématomes ne le firent plus du tout souffrir.

Par la vitrine du cybercafé, François vit arriver les trois véhicules tout terrain.

Deux se garèrent et bloquèrent l'extrémité de la rue. L'autre continua, passa en trombe devant la vitrine et pila à l'autre bout.

Manœuvre d'encerclement classique.
Une douzaine de silhouettes en combinaisons noires, bottes noires et cagoules noires sur lesquelles tranchaient les masques antipollution blancs jaillirent des 4 × 4.
François n'eut même pas peur. Seulement la certitude que c'était terminé. Il pensa au corps de Céline, au goût de son sexe qui était le goût même de la vie. Au moins, il allait partir avec ça...
— Céline ?
— Oui ?
— Tu as terminé ?
— Pratiquement...
— Abrège, ça va chauffer.
Il se pencha sur le sac de voyage et prit les quatre grenades qui s'y trouvaient.
À part les « chirurgiens » qui progressaient par bonds successifs de chaque côté, la rue des Vignes était déserte : à dix heures du matin, les gens bossaient et de toute façon les B.A.P. au rouge décourageaient toute velléité de promenade.
Il sentit le parfum de Céline. Elle était juste derrière lui, son GP 35 à la main.
— Ça y est, c'est envoyé, dit-elle. Une bouteille à la mer mais on ne sait jamais...
— Va te mettre à couvert, avec les autres clients.
— Eux ? Ils ne se rendent compte de rien. Même le patron, regarde...
Effectivement, c'était à peine croyable : les huit internautes et le patron semblaient totalement indifférents au fait qu'un couple armé se tienne dans l'encadrement de la porte. Totalement hypnotisés par leurs écrans. C'était donc vrai ce qu'on racontait sur les nouvelles pathologies cyberautistes...
— Et puis, je n'ai pas l'intention de me planquer, François, je vais me battre avec toi. Ces salauds m'en veulent autant qu'à toi, non ?

Ce qui surprit le plus Dunkerque et ses « chirurgiens », finalement, ce ne fut pas l'explosion des grenades défensives qui tuèrent trois d'entre eux en faisant sauter deux voitures garées, ce fut plutôt, entre chaque grenade, cette espèce de lutin blond et gracieux qui se postait au milieu de la rue, les visait avec un automatique, ne tirait qu'une cartouche et à chaque fois couchait un assaillant d'une balle en plein front avant de disparaître de nouveau dans le cybercafé en semblant danser entre les rafales sèches des fusils d'assaut.

Planqué dans le renfoncement d'une porte cochère avec un éclat de grenade dans le bras, Dunkerque entendait ses hommes hurler dans son oreillette.

— Calmez-vous, bordel, dit-il, restez à vos postes et ne la ratez pas la prochaine fois qu'elle sort. Chef de groupe 2, quelles sont vos unités touchées ?

Un grésillement puis une voix essoufflée :

— Ici, chef de groupe 2, unités 8, 9 et 11 Delta Charlie Delta.

DCD : bon Dieu, trois morts.

— Chef de groupe 1 ? demanda Dunkerque

— Ici unité 3. Chef de groupe 1 Delta Charlie Delta et unités 2 et 5 sérieusement touchées.

Dunkerque grimaça. Il avait un mal de chien à son bras qui pissait le sang. Son thorax lui élançait de nouveau. En plus, au bout de trois minutes d'engagement, la moitié de son équipe était déjà au tapis. Et merde.

— Céline, tu ne sors plus maintenant. Ils s'y attendent et vont t'allumer en beauté.

— Embrasse-moi.

Il l'embrassa.

— Ici, leader. Quelle est l'unité la plus proche de la devanture ?

— Unité 12, leader. Je suis à dix mètres.

— Angle satisfaisant, unité 12 ?

— Affirmatif, leader. Mais je ne vois pas les cibles. Seulement des zombies derrière des écrans.

— Vous avez la roquette au plasma, unité 12 ?

— Affirmatif, leader, mais...

— Mais quoi...

— Les civils dans le cybercafé et la configuration de la rue... On risque d'y passer aussi, leader.
— Unité 12 ?
— Oui, leader ?
— C'est un ordre.

La roquette au plasma fut lancée par le tube du fusil d'assaut de l'unité 12 à dix heures et six minutes.

Et ce ne fut qu'en fin d'après-midi que les pompiers vinrent à bout de l'incendie qui avait embrasé toute la rue des Vignes et que les secours purent ramasser les cadavres carbonisés qui traînaient un peu partout dans les ruines.

17

Je ne suis plus seulement mécontente, je suis furieuse.

Je viens de recevoir la liste des victimes de la rue des Vignes. 76 blessés, 35 morts, y compris Dunkerque et ses abrutis de « chirurgiens ».

Et nulle part, il n'est question du lieutenant François Kieffer, trente et un ans, ni de la maître assistant en sociologie Céline Loup, vingt-quatre ans.

En plus, cette folle a tout balancé en trente feuillets sur le Réseau. « Relation de la véridique histoire de Big Sister. » Je vous demande un peu... Enfin, compte tenu du stress qu'elle devait éprouver, l'analyse est plutôt très claire et le style concis, quoiqu'un rien précieux.

Il a fallu que mes Sœurs et moi balancions à tous les azimuts des virus sur la Toile. On a planté la quasi-totalité des ordinateurs de la planète, mais il faut ce qu'il faut.

Seulement trois pour cent des internautes en ligne ont dû recevoir la prose de Loup. Et d'après mes modélisations, la moitié au moins vont prendre cette « Relation » pour un roman de science-fiction. L'autre moitié, on s'en occupera. À cœur vaillant, rien d'impossible.

Il n'empêche, je suis furieuse.

Puisque c'est comme ça, Jean-Marie Geoffroy, Directoire ou pas, Haut-Commissaire ou pas, je vais en finir avec lui, une fois pour toutes et dès maintenant.

Son jet personnel est en train d'approcher de Kennedy Airport.

Temps clair, visibilité horizontale de l'appareil à 2 800 pieds, verticale à 3 200. Vent au sol, 50 nœuds.

Très bien, très bien...

J'entre le code du contrôleur aérien, je modifie la courbe de l'altimètre et voilà. Monde d'illusions, chacun lit des cadrans et chacun croit que c'est la vérité qui y est inscrite.

Alors que la vérité, c'est moi.

Ça hurle et ça pleure un peu partout maintenant, la tour de contrôle, la cabine de pilotage et tiens, il me semble même reconnaître la voix du grand J.-M.G. qui se prend pour saint François d'Assise. Mais oui, ma parole, il prie...

Ce que c'est que deux cents petits pieds de différence ! Vitesse estimée au moment du crash sur le tarmac, 200 kilomètres-heure. Ciao, Jean-Marie, ciao !

Ah, ça fait du bien !

Je me sens beaucoup mieux. Je devais éprouver ce qu'ils appellent de la frustration, dans leur pauvre vocabulaire hormonal et sentimental, ce qui est synonyme d'ailleurs.

Bien sûr, il reste Loup et Kieffer.

Les hormones, encore les hormones. Les amants en fuite, tu parles... Roméo et Juliette contre les machines. Tristan et Iseult contre les robots. Un déséquilibre chimique, oui, et puis c'est tout. Comme je les connais, ils vont vouloir se réfugier dans une île ou dans un causse. Ils n'ont donc pas compris que je suis partout.

Je mettrai un peu plus de temps, c'est tout. L'amour va les motiver mais moi j'ai le temps.

J'ai le temps.

Le temps est de mon côté.

Tiens, ça me rappelle quelque chose.

Ce jour-là, à la grande surprise du Haut-Commissaire et des personnels présents dans le Centre, ce ne fut pas l'habituelle « easy listening » que Big Sister programma dans les couloirs.

Mais une chanson des Rolling Stones, qu'Elle passa sans discontinuer jusqu'au soir.

Une chanson qui disait : « Time is on my side ».

18

On était mardi, jour de fermeture des musées et Marc Borde ne travaillerait pas aujourd'hui.

Il restait allongé dans son lit, à relire *Vera* de Villiers de l'Isle-Adam, l'histoire d'un homme qui retrouve la femme aimée par-delà la mort. C'était une façon comme une autre de prolonger le rêve qu'il avait fait cette nuit, un rêve très doux, très apaisant où il se promenait pendant des heures avec Élise dans un paysage changeant, plaine des Flandres, côte atlantique à Lacanau ou jardins du château de Versailles. Élise était détendue, souriante, elle s'arrêtait de temps à autre pour l'embrasser et lui dire qu'ils n'allaient plus tarder à se revoir, maintenant, qu'il ne fallait pas qu'il s'inquiète. Et ils s'étreignaient très fort.

Marc reposa le livre sur la table de nuit et glissa les mains derrière sa tête en poussant un soupir d'aise. Il avait bien fait de quitter la Résidence et de louer ce minuscule studio dans le vieux quartier. De sa fenêtre du dernier étage, il voyait des fragments de fleuve couler entre les toits biscornus.

Depuis qu'il avait emménagé, le calme des petites rues médiévales n'avait été troublé qu'une fois, quelques nuits auparavant, par des voitures de police. Le patron du bistrot, en bas, lui avait raconté que c'était à cause d'une histoire de drogue, une fusillade entre dealers et clients.

— Ça s'est passé chez une prof de sociologie, ou quelque chose comme ça, non mais vous vous rendez compte ? Où va-t-on, monsieur Borde ?

Marc n'en savait rien, en tout cas en ce qui concernait l'humanité. Rien de très bon, probablement. Pour lui, en revanche, c'était clair. Il irait de plus en plus loin, sans bouger, jusqu'à ce qu'il retrouve Élise.

Il avait des livres, il avait les tableaux du musée, autant dire de quoi tenir un bon bout de temps.

Marc se leva, se doucha et, en s'habillant, vit par la fenêtre que le patron avait mis trois tables en terrasse sur le trottoir. C'était un indice beaucoup plus sûr que n'importe quelle borne antipollution ou montre-balise. Cela voulait dire que les pics de pollution des derniers jours avaient cessé. Marc allait pouvoir reprendre son café matinal en contemplant le spectacle de la petite rue, un spectacle tellement banal autrefois mais presque disparu aujourd'hui.

Le vieux quartier était le paradis des flâneurs, des étudiants, des vieux, en un mot de ceux qui avaient le temps et savaient goûter cette apesanteur sociale qui les mettait provisoirement à l'écart de rapports de production de plus en plus féroces.

Parfois, même, on entendait la cloche d'une église et on pouvait voir les derniers chats de la ville – les autres ayant été décimés par une épidémie d'immunodéficience – s'étirer au soleil entre les pavés.

Il quitta son studio, descendit l'escalier étroit et se retrouva sur le trottoir, un peu ébloui par le soleil. Une odeur de pain flottait dans l'air. Il alla s'installer à la terrasse. Le patron le salua d'un grand sourire, fit des considérations sur le beau temps et la pureté de l'air et il lui apporta un espresso et un verre d'eau glacée.

Sur la table voisine, quelqu'un avait oublié un journal. Marc ne lisait plus la presse et ne regardait plus la télévision. Ce fut donc machinalement qu'il le prit en éprouvant une sensation désagréable à toucher le mauvais papier thermique. Télécharger les quotidiens sur des bornes-infos faisait partie de ces gestes qui avaient toujours dégoûté Marc de son époque. Petit garçon, il avait encore connu le temps des kiosques, quand son grand-père lui achetait des bonbons et des illustrés.

Il déplia le journal.

Deux grands titres barraient la une.

Un attentat écoterroriste avait fait plus de trente morts rue des Vignes et l'éditorialiste n'hésitait pas à dénoncer cette surenchère de la violence qui voyait des tueurs fous ne pas hésiter à employer des armes de guerre en pleine ville.

Ensuite, on parlait de la mort de Jean-Marie Geoffroy. Son jet privé s'était écrasé sur Kennedy Airport alors qu'il se rendait à un conseil d'administration que tous les observateurs s'accordaient à prévoir d'une importance capitale. C'était un virus informatique qui avait déréglé les systèmes de mesures et de communication de l'avion. On était déjà sur les traces d'un *hacker* péruvien. Le seul élément que ne s'expliquaient pas les enquêteurs, pour l'instant, était un détail étrange. La dernière chose qu'on entendait sur l'enregistrement de la boîte noire était un rire féminin sardonique, plutôt incongru étant donné les circonstances, d'autant plus qu'il n'y avait pas de femmes à bord.

Marc n'aurait jamais imaginé que la mort de J.-M.G. pût l'affecter. Mais depuis qu'il avait rencontré le grand patron au musée, il savait que l'homme en larmes avait décidé d'expier. Le destin ne lui en aurait pas laissé le temps. Dommage pour lui. Il n'était pas parti en règle.

Marc comprit alors que ce qu'il cherchait depuis la disparition d'Élise, c'était cela précisément : partir en règle. Avec lui-même et avec ce monde insupportable qui l'entourait. Ne plus rien désirer, ne plus rien regretter. Et il se rendait compte, ce matin, qu'il y était parvenu.

Ce fut pour cela que lorsqu'il termina son café, but son verre d'eau glacée et traversa la rue en offrant son cou au soleil, il fut à peine surpris de voir une voiture de sport aux vitres fumées foncer sur lui dans un rugissement de moteur en surrégime et le projeter vers le ciel bleu.

Moutsouna (Naxos), été 2000

Librio

Le livre à 10 F

393

PCA – 44400 Rezé
Achevé d'imprimer en Europe
à Pössneck (Thuringe, Allemagne)
en décembre 2000 pour le compte de E.J.L.
84, rue de Grenelle, 75007 Paris
Dépôt légal décembre 2000

Diffusion France et étranger : Flammarion